Partnerwahl

Hans-Peter Duwe

Partnerwahl

Viel Erfolg
und Glück
auf Ihrem weiteren
Wege, herzlichst

[illegible]

Siegmund Verlag

Hans-Peter Duwe
Partnerwahl
1. Auflage (Taschenbuch) Dezember 1989

Art Direction: W. Christian Siegmund
Lektorat: Margret Siegmund
Titelfoto: Jacques Schumacher
Zeichnungen: Michael Sauer
Symbole: The Elements of Japanese Design

Satz: TypoBach Hamburg GmbH
Druckerei und Buchbinderei: Ebner Ulm

D-2151 Moisburg, Buxtehuder Str. 31 B
Telefon: 0 41 65-60 01-04

ISBN Nr.: 3-923251-44-0

INHALT

1. Warum ich dieses Buch geschrieben habe 7– 13
2. Partnerschaft – was ist das? 15– 20
3. Mann und Frau – Bilder, Vorbilder, Zerrbilder 21– 42
4. Allein ist der Mensch nur die Hälfte wert . 43– 50
5. Es gibt mehr als nur einen idealen Partner 51– 53
6. Wünsche und Wirklichkeit 55– 59
7. Die größten Fehler bei der Partnerwahl .. 61– 67
8. Wo man sich trifft 69– 75
9. Vom ersten Treffen bis zum Kennenlernen 77– 85
10. Wie man herausfindet, wer zu einem paßt 87– 97
11. Warum es ohne Beratung nicht geht 99–121
12. Literaturverzeichnis 123–127

1.
WARUM ICH DIESES BUCH GESCHRIEBEN HABE

Wer die Ehestatistik so einfach einmal auf sich wirken läßt, könnte glatt resignieren: Jede dritte Ehe endet heute vor dem Scheidungsrichter. Auch ich habe das erleben müssen und zwar gleich zweimal.

Dieses Scheitern zweier Ehen hat mich zeitweilig daran denken lassen, daß Mann und Frau in ihrem Denken, Fühlen und Wollen so verschieden sind, daß es einfach nicht funktionieren kann – daß ein Miteinander letztendlich unmöglich ist.

Doch andererseits war da dieser Wunsch nach Ergänzung, nach einem Partner. Ein Gefühl, das wir wohl alle kennen, wenn wir einsam sind. Das führt dann stets zu einigen grundsätzlichen Gedanken über die Partnerschaft – selbstverständlich auch bei mir.

Wir beginnen zu überlegen, was wir wohl falsch gemacht haben könnten. War ich etwa mit den falschen Wünschen, Erwartungen und Motiven in diese Ehen gegangen? Hatte ich nach falschen Kriterien ausgewählt? Gedanken, die mich immer wieder beschäftigten.

Mir schien es wichtig, endlich die wirklichen Gründe für dieses Scheitern zu finden.

Dabei wurde mir immer klarer, daß die entscheidenden Fehler stets am Anfang einer Partnerschaft gemacht werden.

Um es vereinfacht auszudrücken: der Grundfehler ist die falsche Wahl. Nein, es sind keineswegs die alltäglichen Kleinigkeiten, die zuerst einmal nerven, sie geben einer Beziehung, die in ihrer Struktur nicht stimmt, nur noch den Rest. Entscheidend ist der Fehler, der am Anfang einer Partnerschaft steht, der Fehler bei der Wahl.

Doch was machen wir eigentlich falsch? Ich sprach mit anderen Paaren, die ebenfalls große Schwierigkeiten miteinander hatten. Mit Paaren, die ihre Schwierigkeiten meisterten – gemeinsam – Paare, die beim Aufarbeiten dieser Schwierigkeiten immer mehr zueinander wuchsen. Und da waren auf der anderen Seite die Paare, die scheiterten. Was unterscheidet diese Paare? Was machen jene anders, die beieinander bleiben? Mir ließen diese

Fragen keine Ruhe. Ich wollte eine Antwort und bin, zugegeben, dem Problem im Stil eines Ingenieurs nachgegangen. Mit Vernunft, wie ich meine, und nach logischen Gesichtspunkten. Wenn Sie so wollen, begann ich meinen ursprünglichen Beruf, den des Schiffbauers, symbolisch zu verstehen. Einen allgemein gültigen Bauplan wollte ich finden. Für Beziehungen, die den Stürmen des Lebens standhalten.

Um allgemeingültige Konstruktions-Richtlinien für solche Partnerschaften zu erhalten, sprach ich mit Experten, mit Ehetherapeuten, mit Psychologen, die ehetherapeutisch arbeiten. Ein mühsames Geschäft, wie ich fand und ein wenig erfolgreiches dazu, schließlich steigt die Scheidungsrate nach wie vor an. Und ich fand auch, daß diese Arbeit im Grunde unsinnig ist. Warum nur nutzen wir das Wissen der Psychologen nicht konsequenter, tun zur rechten Zeit, also ›vorher‹ etwas, betreiben, um es wissenschaftlich auszudrücken, Prophylaxe? Vorbeugen, und zwar schon bei der Wahl, ist schließlich besser, als brüchige Ehen zu kitten. Mit wieviel Seelenqual ist dann das Scheitern einer Ehe verbunden, garnicht zu reden davon, daß dieses Scheidungsritual zum finanziellen Ruin führen kann; der Anwalt ist zu bezahlen, die Abfindung aufzubringen und womöglich muß auch noch ein Therapeut honoriert werden.

Ich ging so systematisch wie möglich mit Psychologen an dieses Problem heran, wollte zuerst einmal herausfinden, was hinter diesem Wunsch nach Zweisamkeit steckt, was dann eine Partnerschaft zerstört, von der beide beteiligten Partner doch glaubten, daß sie im Himmel geschlossen wurde. Ich wollte mehr über die unterschiedlichen Wünsche wissen, über typische Verhaltensmuster in einer Beziehung, und ich wollte auch wissen, wie sich unterschiedliche Wünsche einer Partnerschaft unter einen Hut bringen lassen. Wichtig erschien mir auch, zu erfahren: Läßt sich der Verlauf einer Beziehung, ihr Scheitern oder auch ihr Bestand, schon im Vorhinein erkennen? Damit war ich wieder beim Ausgangspunkt meiner Überlegungen angelangt, nämlich der richtigen Wahl.

Eine Erkenntnis drängte sich da ganz zwangsläufig auf: wir brauchen Berater, Freunde, die uns wählen helfen. Ja, Liebe macht tatsächlich blind, deshalb brauchen wir die Beratung, wir brauchen Menschen, mit denen wir über das sprechen können, was uns bei so einer Wahl bewegt.

Dabei stellte sich dann auch schnell heraus, daß dieser Rat wirklich weiterhilft. Bei Paaren, mit denen ich sprach, die ich beriet, klappte es besser, als bei mir selbst. Also schien dieser Rat, der von außen kam, eine wichtige Voraussetzung, um klar zu sehen und schließlich richtig wählen zu können.

Das ist alles nicht so ganz neu, frühere Generationen haben dies alles schon gewußt. In Zeiten, in denen der Rat etwas galt, in denen jeder sich erst einmal die Ansicht der Eltern, der Familie, von Freunden anhörte, bevor er wählte.

Liebe oder das, was wir dafür halten, dieses subjektive Gefühl des Glücks, das wir als ›coup de foudre‹ empfinden, als den Blitzschlag der Liebe, ist leider ein sehr vergängliches Gefühl.

Viel wichtiger ist das, was bleibt, eben jene Faktoren, die eine Beziehung beständig machen, sie von innen heraus stabilisieren.

Und an dieser Stelle kam wieder der Ingenieur in mir durch, der dazu neigt, zu systematisieren, auch (oder gerade) bei der Beratung von Menschen, die miteinander den gemeinsamen Lebensweg gehen wollen. Und wie das manchmal so ist im Leben, wer suchet, findet tatsächlich. So stieß ich eines Abends auf einen Menschen, der das Problem selbst bereits erkannt hatte und auch aus der Partnerberatung einen Beruf gemacht hatte. Doch der Weg, auf dem er es zu lösen versuchte, schien mir zu vage, zu ungenau und letztlich zu wenig durchdacht. Trotzdem: mein Engagement an der Sache machte mich zu seinem Partner, zu einem Geschäftspartner.

Doch unterschiedliche Ansichten in verschiedenen Fragen und ein Wunsch nach Perfektion trennte unsere Wege recht bald wieder.

So baute ich dann ein eigenes Partnerschafts-Institut auf, das, wie ich meine, deshalb so viel

Erfolg hat, weil der Ansatz der Überlegung, die dahintersteckt, richtig ist.

Nach zehn Jahren ist es nun Zeit, ein Fazit zu ziehen, zurückzublicken und über den Erfolg nachzudenken. Und ich hoffe, meinen Lesern mit meinen Überlegungen auch einen Denkanstoß zu geben. Vielleicht denken Sie als erstes einmal darüber nach, was heute eine Partnerschaft noch wert ist. Und dann, was sie für Sie selbst zählt. Aber auch, welchen Rang die Beziehung zweier Menschen heute in der Gesellschaft einnimmt.

Lassen Sie mich einen, wie ich glaube, wichtigen Gedanken an das Ende dieses Vorwortes stellen:

Wir müssen vor allem erkennen, daß wir nur aus der Partnerschaft heraus zu uns selbst finden können. Gerade deshalb ist es so wichtig, bei der Suche nach dem Partner, der zu uns paßt, jene Fehler zu vermeiden, die das Scheitern einer Beziehung schon vorprogrammieren.

Dieses Buch soll Ihnen dabei eine Hilfe sein.

2.
PARTNERSCHAFT — WAS IST DAS?

Wenn heute mehr Ehen geschieden werden als je zuvor, so spricht das nicht grundsätzlich gegen Partnerschaft,dann heißt das nicht, daß Mann und Frau nicht mehr zusammenleben können. Aber vielleicht spricht es gegen die Ehe, wie sie heute praktiziert wird.

Die hohe Scheidungsrate ist kein Zeichen der Resignation in Sachen Partnerschaft. Ich glaube vielmehr, daß sich darin der Wunsch der Menschen ausdrückt, Sinn, Zweck und Bedeutung von Partnerschaft neu zu durchdenken. Der Wunsch nach Partnerschaft geriet zwar in den 70er Jahren kurzfristig außer Mode. Heute ist er jedoch wieder so groß wie eh und je. Und es lohnt sich, sich über diese Entwicklung Gedanken zu machen. Wenn man genau wissen will, was ein bestimmtes Wort bedeutet, ist es sehr hilfreich, seinem Ursprung nachzugehen.

Das Wort Partner kommt vom lateinischen ›*partionarius*‹. Darin steckt das Wort ›*partitio*‹: Teilung. Im Englischen kennt man das Wort ›part‹ für Teil. Demnach:

Ein Partner ist ein Teilhaber,
ein Mitspieler.

Goethe hat das Wort in die deutsche Sprache eingeführt (1813, in „Dichtung und Wahrheit"). Das ist also noch gar nicht so lange her.

Im Laufe der geschichtlichen Entwicklung haben sich die Vorstellungen von Partnerschaft natürlich erheblich gewandelt. Über Jahrhunderte stand die Familie im Mittelpunkt des partnerschaftlichen Interesses. Die Familie als eine den Wechsel der Generationen überdauernde Einheit.

Die Eheschließung eines Paares wurde nicht als Neugründung einer Familie angesehen, sondern als eine Maßnahme der Erhaltung einer bereits bestehenden. Man heiratete in eine Familie ein, oder Familien verbanden sich miteinander durch die Heirat ihrer Kinder. Die Familienmitglieder, bzw. ihre Oberhäupter, kontrollierten diesen Prozeß und bestimmten, wer in ihre Familie einheiraten durfte.

Aus diesem Denken heraus erklärt sich die über

Jahrhunderte gültige Tatsache, daß nur einer – und zwar der Mann – die Vorherrschaft in der Familie hatte und von den Frauen erwartet wurde, daß sie sich unterordneten. Das wird heute bekanntlich noch in vielen Familien praktiziert.

Liebe hatte eine rationale, verstandesbetonte Grundlage und wurde bestenfalls als eine Folge angesehen, die sich – vielleicht – nach der Eheschließung nach und nach einstellen mochte. Aber sie war kein Kriterium, das bei der Partnerwahl galt. Liebe zeigte sich auch ganz anders. Sie wurde im wesentlichen dadurch sichtbar, daß man den Platz akzeptierte, die Rolle, die Partnern im größeren Rahmen einer Familie vorgeschrieben wurde. Man war eben nicht nur Partner, sondern auch Schwiegersohn oder Schwiegertochter, Schwager/Schwägerin, Onkel/Tante und so weiter.

Romantische Liebe als Möglichkeit, individuelle Leidenschaften auszuleben, als gesellschaftlich anerkanntes Wahlprinzip und als Basis für eine Partnerschaft gibt es erst seit etwa 150 Jahren.

Was uns heute, am Ende des 20. Jahrhunderts, Partnerschaft zum Problem macht, ist die Tatsache, daß es uns so schwer und selten gelingt, die verschiedensten Aspekte zu integrieren, die für mich Kennzeichen einer guten Partnerschaft sind:

- Liebe,
- Vernunft
- und wechselseitige Achtung.

Partnerschaft stellt dann an die Partner die Aufgabe, häuslich-intime Bindungswünsche und wirtschaftliches Bewahrungs- und Gewinnstreben mit dem Anspruch des einzelnen auf Liebe zu verbinden. Und diese Liebe kann nur wechselseitig entstehen und bestehen.

Liebe ist Verständnis
und Vertrauen auf Vorschuß.

Erst dann befähigt sie uns, so locker wie selbstverantwortlich dem Partner gleiches zu gewähren. Liebe ist ›selbstreferentiell‹ sagen die Philosophen zu dieser wahrlich hohen Forderung. Und sie meinen damit, daß das Glück der Liebe nur im anderen zu suchen und zu finden ist und daß die Liebe des einen die Liebe des anderen bedingt.

Waren es früher übergeordnete familiäre Überlegungen, die eine Partnerwahl bestimmten, so spielen heute also persönliche, individuelle Eigenschaften eine größere Rolle. Das Individuum hat sich von allzu strengen gesellschaftlichen Forderungen befreit. Doch in der Freiheit lebt es sich nicht notwendigerweise leichter. Freiheit verpflichtet und sie verlangt Rücksicht und Selbstdisziplin:

›Lieben, das ist das Lieben der Liebe des Anderen‹.
(N. Luhmann, 1982).

Es geht also um mehr als um wechselseitige Anpassung. Um mehr als um wechselseitige Beglückung. Denn beides, Anpassung und Beglükkung, streben auf einen Punkt der Befriedigung zu. Was aber machen Paare, nachdem sie sich einander angepaßt haben? Bedürfnisse erschöpfen sich, verlieren ihren Wert, wenn sie erfüllt sind. Es liegt im Wesen von Bedürfnissen, daß sie nach Befriedigung streben – aber nach ihrer Erfüllung verschwinden. Auch die Gewöhnung tötet Bedürfnisse. Also müssen Partner mehr gemeinsam haben als den Wunsch, sich gegenseitig ihre Bedürfnisse zu erfüllen.

Liebe muß sich immer wieder neu bilden.

Sie muß neue Reize suchen, um sich zu erhalten – aber solche Reize, die auch für den Anderen von Bedeutung sind.

Da wir nun aber einmal diese Liebe, diesen fast unmöglichen Kraftakt der Seele, in den Mittelpunkt von Partnerschaft und Partnerwahl gerückt haben, während wir die anderen Aspekte vernachlässigten und sogar bewußt von der Vorstellung von Liebe abgetrennt haben, ist die labile Gleichgewichtslage einer so entstandenen Partnerschaft vorprogrammmiert und wird zum Problem der Partnerschaft.

Der Wunsch nach eigener Identität und Selbstverwirklichung und der Wunsch, im Anderen aufzugehen, ist ohne Liebe nicht zu vereinen. Aber weil im gesellschaftlichen Bereich die Identität der Persönlichkeit mehr gilt, wird die Arbeit an der Liebe von vielen aufgegeben, um die Kräfte ganz auf den äußeren Bereich des gesellschaftlichen Erfolgs zu konzentrieren.

Das Dilemma, die Zwickmühle, in der wir uns heute somit befinden, besteht also darin, daß wir zwar auf der einen Seite ›Liebe‹ als Grundlage für eine Partnerschaft fordern, uns andererseits aber dadurch überfordern, weil wir – in der Annahme, es handele sich bei der Liebe um ein Geschenk des Himmels – die Kraft nicht aufbringen wollen, die nötig wäre, um an der Liebe zu arbeiten.
Die Konsequenz, die wir aus dieser Überlegung ziehen müssen, besteht in der Einsicht, daß wir uns unsere Partnerschafts-Fähigkeit erwerben müssen. Das Motiv, immer erst und immer wieder aufs neue diese Leistung zu vollbringen, ist während der Zeit der Partnerwahl am größten. Im Wahlvorgang selbst können wir zur Partnerschaft reifen. Die Partnerberatung hat hier eine große gesellschaftliche Aufgabe.

3.
MANN UND FRAU – BILDER, VORBILDER, ZERRBILDER

Wenn immer wir – ob Mann oder Frau uns auf die Partnersuche begeben, ist ein merkwürdiges Phänomen zu beobachten: Wir verhalten uns der Umworbenen oder dem Umworbenen gegenüber in einer Art und Weise, daß selbst langjährige Freunde uns nicht wiedererkennen.

In dem Wunsch, dem anderen zu gefallen, stellen wir in unserem Verhalten Eigenschaften heraus, von denen wir annehmen, daß der andere sie besonders mag.

Mit anderen Worten: Wir alle versuchen in der Zeit des Werbens, dem anderen ein Idealbild von uns zu zeichnen. Wir zeigen uns von der besten Seite und hüten uns, Schwachstellen – oder was wir dafür halten – erkennen zu lassen.

Auch im äußeren Erscheinungsbild folgen die Werbenden einer Vorstellung, die sie sich von dem machen, was ihrer Meinung nach der andere an äußeren Merkmalen schätzen könnte.

Niemand sage mir, daß dies nicht auch auf ihn zutrifft oder irgendwann einmal zutraf. Im Verliebtsein erleben wir alle eine Zeit der idealistischen Verzerrungen und süßen Täuschungen und sehen alles, vor allem den Menschen, den wir lieben, durch eine rosarote Brille.

Die Partnerschaft zwischen Mann und Frau wird immer abhängig davon sein, wie beide sich selbst und den anderen sehen, wie sie das Zusammenleben gestalten wollen. Darüber müssen Partnersuchende sich möglichst frühzeitig klar werden. Denn davon hängt die Zukunft ihres Glücks ab und präzisiert, worauf man bei der Partnerwahl achten sollte.

Aber diese Vorstellungen, nach denen wir glauben, so sein oder aussehen zu müssen, damit der Umworbene uns mag, sind häufig von Klischees bestimmt, also gar nicht so sehr von unseren eigenen Wünschen, als von Bildern in Zeitschriften, Filmen und Werbebotschaften.

Man spricht viel vom idealen Mann und von der idealen Frau. Aber was ist darunter zu verstehen? Was jemand als ideal bezeichnet, wird immer auch von seiner jeweiligen Situation abhängen, vom Lebensalter und von der Zeitepoche, in der er lebt oder die ihn geprägt hat.

Ideale wechseln im Laufe der Zeit. Aber im wesentlichen sind es drei Typen, die sich, in unterschiedlichem Reinheitsgrad oder Mischungsverhältnis, immer wieder ausmachen lassen. Wenn wir es am Mann festmachen wollen, sind es der *Macho*, der *Patriarch* und der *Softie*. Ihnen stehen bei den Frauen *der Vamp*, *die Dame* und *die Emanze* gegenüber.

Für welche Rolle sich jemand entscheidet, mag jeder mit sich selbst ausmachen. Wichtig wird meiner Meinung nach jedoch sein, daß er bedenkt, daß jede Rolle einen mit ganz bestimmten Verhaltensweisen ausgestatteten Gegenpart herausfordert und benötigt. Deren Zusammenspiel wird auf Dauer nur dann erfolgreich sein, wenn es nicht allzu sehr von Gleichheit geprägt ist, sondern auch von Ergänzungen in den Rollen, die der einzelne Partner dabei übernimmt.

Der ausgeprägte Macho braucht die zarte, sehr weibliche Frau, der Patriarch die Lady, der Softie die eher resolute, durchsetzungswillige Frau.

Ohne Wechselwirkung zwischen den verschiedenen Eigenschaften und Verhaltensweisen, ohne Spannungsverhältnis, gibt es keine erfolgreiche Partnerschaft zwischen Mann und Frau.

Partnerschaft muß immer als ein Ganzes betrachtet werden, in dem sich die einzelnen Elemente teilweise klar voneinander abheben, teilweise aber auch einander ergänzen müssen. Und zusammen sind sie immer mehr als die Summe der Elemente des Systems Partnerschaft, die allein gar nicht existieren würden. Viele sogenannte männliche oder weibliche Eigenschaften entstehen eben erst aus der Beziehung heraus.

Was uns heute die Frage nach der idealen Partnerschaft so schwer macht, und damit auch die Wahl und die Entscheidung, liegt daran, daß es für uns heute nicht nur **ein** Ideal gibt, sondern mehrere, aus verschiedenen Zeiten und Epochen zusammengetragen und durcheinandergewürfelt.

Die Orientierung an einem fest umschriebenen und allgemeingültigen Ideal ging verloren. Es hat jedoch keinen Sinn, dem nachzuweinen. Vielmehr müssen wir uns realistisch dieser Situation stellen. Und wenn wir das tun, werden wir bald erkennen, daß die Variabilität und Mischung der Typen sogar unschätzbare Vorteile hat. Schauen wir uns diese Partnerschaftstypen einmal genauer an. Da ist zum Beispiel:

der Macho,

dieses Urbild von einem Mann. Ein Mann von durchschlagendem Tatendrang, der immer darauf aus ist, irgendwo Neuland zu erobern. In jeder Beziehung ein Abenteurer. Das weibliche Gegenstück dazu war früher einmal die Hausfrau und Mutter.

Friedrich Schiller lieferte dazu in seinem Gedicht *Das Lied von der Glocke*, welches die älteren unter uns in der Schule noch als Pflichtlektüre auswendig lernen mußten, das wohltönende Vorbild zum Einprägen:

›Der Mann muß hinaus
Ins feindliche Leben . . .
Und drinnen waltet
Die züchtige Hausfrau . . .‹

Mit solchen Lerninhalten wurde bewußt ein Ideal vermittelt, das über viele Generationen hinweg Gültigkeit hatte.

Wenn wir uns heute nicht mehr uneingeschränkt für eine solche fest definierte Rollenverteilung begeistern können, liegt das nicht zuletzt auch daran, daß für Macho-Muskeln das Betätigungsfeld immer kleiner geworden ist. Der Eroberer ohne Aufgabe degenerierte zum Herkules im Disco-Schuppen, zum Aufreißer und Ersatz-Tarzan, der sich nur allzu leicht in den Lianen wildwuchernder Phanasien ursprünglicher Männlichkeit verfängt. Sein neueres Gegenstück ist die Disco-Queen, die Frau als Gespielin.

Auch die Grundeigenschaft des Macho, die Aggression, ist heute ins Gerede gekommen. Dabei hätte der Macho durchaus noch eine Funktion, wenn er sich als echter Herkules verstehen und in den Dienst guter Taten stellen würde.

Der Macho ist seinem Wesen nach ein Einzelkämpfer. In der Gesellschaft vieler wird er leicht anecken. Aber da der Mensch die Gruppe braucht, allein nicht bestehen kann, braucht er einen Führer, der die Gruppe organisiert und der ihr sagt, wo es lang geht.

Nach dem Vorbild dieses Führers ist der zweite Männertyp gemacht,

der Patriarch.

Ein Mann, weniger mit Vorwärtsdrang als der

Macho, dafür von bewahrender Gesinnungsart. Das oberste Gebot dieses väterlichen Freundes lautet: Alles muß seine Ordnung haben. Wer sich ihm unterordnet, für den wird er sorgen, dem wird es unter seinen Fittichen wohlergehen. Für Schutz und Fürsorge erwartet er Unterordnung und Dankbarkeit.

Das hat allerdings einen Haken. Denn zum Herrschen gehört nun einmal jemand, den man beherrscht. Zum Aktiven der Passive, der sich leiten und führen läßt.

Diese patriarchalische Gesellschaftsordnung wurde zum Vorbild für das Familienleben. Die Familie als Mini-Dynastie. Der Mann als Herr und die Frau als Dame des Hauses. Sie wird zwar von ihm höfisch umworben, hält sich dafür aber strikt zurück und ordnet sich unter. Sie sorgt für den gepflegten kulturellen Hintergrund – als Dame des Hauses, in dem er der Herr ist.

Dieses Partnerschaftsideal führt heute leicht in ein ganz bestimmtes Dilemma. Da findet man dann

den Familienvater, der daheim den Leitwolf spielt, weil er im öffentlichen und offiziellen Ordnungsgefüge nur an einer untergeordneten Stelle der Hierarchie steht. Und damit dies funktioniert, versucht er, die Familienmitglieder nach außen abzuschirmen, wie ein Herrscher, der die Grenzen seines Landes schließt.

So entstehen die Dynastien der Zaunkönige. Und das Bild des Patriarchen degeneriert zum Familientyrann, zum Küchen-Napoleon.

Das wesentliche Merkmal aller dieser Gesellschafts- und Partnerschaftsformen ist darin zu sehen, daß sie eine strikte Rollenverteilung zwischen Mann und Frau verlangen. Mit dem Zwang zu komplementären Verhaltensweisen: aktiv/passiv, führen oder folgen, stark oder schwach, kühl oder gefühlvoll, streng oder nachgiebig – und so weiter.

Das ist an sich nicht falsch. Unterschiede müssen sein, wenn zwischen Mann und Frau überhaupt etwas ingang kommen soll. Aber man muß heute wohl in Zweifel ziehen, ob eine fixierte Teilung der Rollen in männliche und weibliche Verhaltensweisen- und regeln ohne Mischformen und Austauschmöglichkeiten partnerschaftsgünstig ist.

Ohne ständig neue Legitimation gerät eine fixierte Rollenverteilung leicht in den Verdacht, reine Willkür zu sein, deren Ziel nur darin besteht,

Interessen der einen oder anderen Seite zu sanktionieren. Wer starrköpfig auf veraltete Strukturen beharrt, erntet daher zu recht leicht Mißtrauen.

Hier liegt einer der Gründe für manchmal zu beobachtende Verachtung oder gar Haß zwischen den Geschlechtern. *Misogynie* ist das Fachwort dafür, wenn ein Mann in einer Frau nur noch ein Wesen sieht, das sich mit Raffinesse seiner Fähigkeiten bedient und ihn ausbeutet. Und hier liegt auch die Wurzel dafür, wenn manche Frau den Mann verachtet, einen Mann, der sie durch Rollenzwang in die Gegenrolle des Erleidens, der Passivität und überhaupt in den Hintergrund drängt. Der Feminismus hat diese Position am schärfsten skizziert.

Und wie reagieren die Männer auf solche Vorwürfe? Nun, der Patriarch läßt gütig gewähren und hält es für klug, auf bessere Einsicht zu hoffen. Der Macho neigt dazu, auf den Tisch zu hauen und verstärkt sein Verhalten: Nun erst recht!

Man kann aber zwei weitere Verhaltensweisen ausmachen. Einige Männer reagieren mit Rückzug vom Weiblichen, mit der Tendenz, das Rollenverhältnis zu neutralisieren. Die Folge davon ist ein Zerfall partnerschaftlicher Beziehungen zu Frauen.

Die andere Reaktion, die ich gelegentlich beobachte, kommt wohl aus der Einsicht, daß die starre Rollenaufteilung falsch ist und der Mann als Verursacher dieser Rollenfixierung freiwillig die Führungsrolle ablegen sollte. Um das Vakuum, das dabei entsteht, mit neuen Verhaltensregeln und Verhaltensweisen zu füllen, adaptiert er viele der als weiblich bezeichneten Attribute, gewissermaßen als Zeichen der besseren Wertschätzung, der zuvor nur von Frauen verlangten Verhaltensweisen:

Der Softie

war geboren. Viele ›neue Frauen‹ haben eine Zeitlang ihre Liebe zu dieser Weich-Version von Mann

entdeckt, der ganz frei zu sein scheint von allem kraftmeierschen Gehabe, an dem nichts Drohendes, nichts Unheimliches, nichts Angsteinflößendes mehr ist.
Der Mann ohne Ecken und Kanten, aber auch ohne Biß: ein männliches Knuddeltierchen.

Mittlerweile schauen diese Frauen jedoch ein wenig erschrocken auf ihren sanften Favoriten. Sicherlich, gegen die Macho-Typen und selbstherrlichen Patriarchen gibt es einiges einzuwenden. Aber so sanft, so weich, so passiv hatten sie sich den Mann nun auch wieder nicht erträumt. Denn total entkernt und entschärft und auch ziemlich entkräftet, manövrierte der Softie die Frauen in eine ganz neue Rolle, in die Rolle des Zwitters, der Macho-Frau. Da läuft die Frau dann Gefahr, sich

selbst als Bild von einem Mann zu präsentieren und wird gezwungen, selbst das Heft in die Hand zu nehmen, damit überhaupt noch etwas läuft.

Feminin-Maskulin: was bedeutet das überhaupt?

Lassen diese Reaktionen nun darauf schließen, daß für das Leben zu zweit zwischen Mann und Frau eine Rollenverteilung notwendig ist? Mit den genannten gegensätzlichen Eigenschaften wie hart und weich, aktiv und passiv, usw.? Was diese Frage betrifft, so fand ich in einer klassischen Untersuchung zur Vorurteilsforschung eine interessante Antwort (P. R. Hofstätter 1977).

Das Ergebnis dieser Untersuchung ist der Abbildung auf Seite 37 zu entnehmen. Aber ich will ein wenig ausholen, um genau auf den Punkt zu kommen, auf den es mir ankommt.

Was mich an der Methode faszinierte, die die Psychologen dabei verwendeten, ist die Tatsache, daß wir alles, was wir mit Bedeutung belegen – Landschaften, Objekte, Menschen – in Kategorien von männlich und weiblich einordnen. Das ist nicht neu, denn schon die alten Chinesen beschrieben so gut wie alles nach dem Prinzip von *Yin* und *Yang*, was unseren Vorstellungen von männlich und weiblich entspricht. So abwegig ist unser nur auf den ersten Blick oberflächlich anmutendes Bewertungsschema also gar nicht.

Nun also zu der Abbildung: Begriffe, die in dem Koordinatensystem von männlich und weiblich nahe beieinander liegen, erfuhren von den befragten Personen der genannten Untersuchung eine ähnliche Beurteilung.

Um den Mann scharren sich Begriffe, die sich recht stattlich ausnehmen: In der Vorstellung der befragten Personen sind Männer ›erfolgreich‹, treten als ›Kämpfer‹, ›Väter‹ und ›Produzenten‹ in Erscheinung, machen ›Lärm‹, sind ›intelligent‹ und haben ›Persönlichkeit‹.

Frauen dagegen liegen im Vorstellungsumfeld von ›Mutter‹ und ›Liebe‹. Zu ihnen assoziiert man Begriffe wie ›Schlaf‹ und ›Gemüt‹. Sie rangieren aber auch in allernächster Nachbarschaft von Begriffen wie ›Konsument‹ und ›Bequemlichkeit‹ –.

Das klingt alles recht vorurteilsbeladen. Rund um Mann und Frau: die alten Klischees.

Doch für unsere Frage ist folgendes wichtig:

Mann und Frau stehen sich nicht wie Gegensätze gegenüber, nicht wie Himmel und Erde. Der Gegensatz von ›männlich‹ ist demnach nicht ›weiblich‹, sondern ›unmännlich‹ und wird assoziiert mit ›Erschöpfung‹. Entsprechend ist der Gegenpol zu ›weiblich‹ nicht ›männlich‹, sondern ›unweiblich‹. In seiner Nähe liegen Vorstellungen wie ›Haß‹, ›Ekel‹ und ›Sklaverei‹.

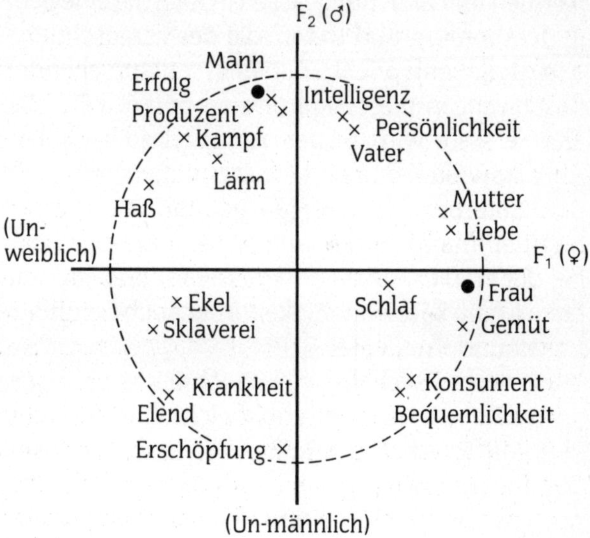

Hier liegt nun der meiner Meinung nach für uns wichtige Befund:

Ein Mensch kann durchaus ›männliche‹ und ›weibliche‹ Eigenschaften in sich vereinen.

In der Psychologie von C. G. Jung, dem Schweizer Psychologen, wird diese ›Mischung‹ nachgerade zur Theorie. Ihr zufolge besitzt jeder Mensch, ob Mann oder Frau, immer auch Eigenschaften, die man konventionellerweise mit dem entgegengesetzten Geschlecht verbindet. Gesellschaftliche Normen und Erziehung lassen jedoch die eine Seite in den Vordergrund treten, die der vorgeschriebenen Rolle entspricht, die dem entsprechenden Geschlecht in dieser Kultur zugeordnet wird. Die andere Seite wird in den Hintergrund gedrängt. Aber sie wirkt dennoch, gewissermaßen unbewußt oder unterbewußt. Die ›Frau‹ im Mann als *Anima* – und der ›Mann‹ in der Frau als *Animus*. Das heißt bei der Frau versteckte Aggressivität und Tatkraft, beim Mann Launenhaftigkeit, aber auch Gefühlhaftigkeit und Kreativität.

In dieser Psychologie sehe ich eines der wichtigsten Kriterien für eine erfolgreiche Partnerschaft. Denn die Psychologen fanden heraus, daß Mann und Frau immer dann am besten miteinander auskommen, wenn ihre *Animus*- und seine *Animawerte* gleich stark oder gleich schwach ausgeprägt sind. Das heißt mit anderen Worten: Der harte Mann braucht die zarte, sehr weibliche Frau; und zur durchsetzungsfähigen, aktiven Frau paßt der einfühlsame Mann. Und auch die in dieser Hinsicht neutralen Typen passen zusammen. Allgemein: Eine Frau mit ausgeprägt ›männlichen‹ Eigenschaften wird eher einen Mann mit ›weiblichen‹ Eigenschaften wählen. Und umgekehrt, ein ausgespro-

chen männlicher Mann wird sich zu einer sehr weiblichen Frau hingezogen fühlen.

Eine gute Partnerschaft zeichnet sich dadurch aus, daß die männlichen und die weiblichen Eigenschaften sich ergänzen. Nur: Es ist nicht unbedingt notwendig, daß dies mit den alten Vorstellungen der biologischen Geschlechter zusammenfällt.

Ich möchte nun die These wagen, daß Männer und Frauen heute die Chance haben, von ihren extremen Vorgängern – ob Macho, Patriarch oder Softie – zu lernen, wie es nicht gemacht werden soll und wie man gleichberechtigt und dennoch erfolgreich und glücklich zusammenleben kann. Etwa dadurch, Gegensätze besser miteinander zu verbinden. Lockerer mit der Rollenaufteilung umzugehen, weniger prinzipiell, mehr spielerisch. Wenn strenge Regeln nicht mehr gelten, ist Integration der goldene Mittelweg. So, wie in der Mode alles erlaubt ist, die verschiedensten Stile nebeneinander bestehen können, so sind heute eben auch verschiedene Verhaltensmodi gleichzeitig erlaubt.

Macho, Patriarch und Softie können problemlos integriert werden, weil es für Ausschließlichkeit keine strengen Vorschriften mehr gibt.

Die Frauen können den Männern dabei helfen, indem sie selbst auch ihre Beurteilungskriterien flexibel handhaben. Beweis: 56% der jungen Frauen wollten 1986 am liebsten mit Götz George/Schimansky ausgehen – so die Ergebnisse der Umfrage einer deutschen Frauenzeitschrift – aber 41% derselben Frauen sagen zugleich auch, daß ihre größte Bewunderung einem Mann wie Albert Schweitzer gelte.

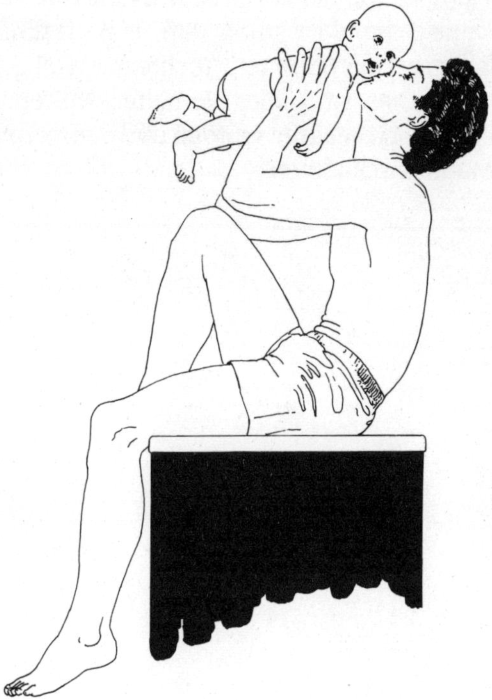

Eine Hilfe für den neuen Mann ist übrigens auch die Werbung, die heimliche Bildungsstätte unserer

Gesellschaft. Dort lernt er im Einschleichverfahren, daß Selbständigkeit, Empfindungsfähigkeit, Einfühlungsvermögen und Sensibilität auch gute Eigenschaften des Mannes sein können. Und er kann lernen, daß der zärtliche Umgang mit Objekten keine Schande ist und daß er Badezimmerspiele, nackt, mit Sohn und Tochter lustvoll genießen darf. Dies sind alles Verhaltensweisen, die früher weiblich genannt wurden und dem Nymbus des Mannes schadeten.

4.
ALLEIN IST DER MENSCH NUR DIE HÄLFTE WERT

Partnerschaft, sagten wir, heißt teilhaben. Teilhaben an der Fröhlichkeit, an den Sorgen, an den Problemen – am ganzen Leben des anderen.

Aber wer ist eigentlich dieses ›Ich‹, wenn man sagt: Ich liebe Dich, ich nehme Anteil? Es lohnt sich, dieser Frage genauer nachzugehen, wenn man den ›richtigen‹ Partner finden will.

Je mehr wir uns mit dieser Frage beschäftigen, umso mehr werden wir einsehen, daß es dieses ›Ich‹ ohne den anderen gar nicht gibt. Ich und Du, ich und die anderen, das ist so sehr eine Einheit, daß man beides im Grunde gar nicht voneinander trennen kann.

Natürlich gibt es da einen ganz wesentlichen Unterschied. Wenn ich einen Schmerz erleide, wird er mich direkt treffen, jeden anderen jedoch nur unmittelbar. ›Ich‹ bin mein Körper, das steht fest. Und nicht der Körper eines anderen. Aber ›Ich‹ als Persönlichkeit, mit meinen Eigenarten, bin erst im Laufe meines Lebens zu dem geworden, der ich heute bin. Daran haben andere – von Anfang an – einen wesentlichen Anteil.

Unsere seelischen Eigenarten haben wir vor allem in der Auseinandersetzung mit den Eltern oder mit den Bezugspersonen erworben, die uns erzogen haben. Um ihnen zu gefallen – oder auch, um uns von ihnen abzuheben – haben wir ganz besondere Eigenarten entwickelt und andere zurückgehalten, eingedämmt, verdrängt.

In der Kindheit sind es gewöhnlich die häusliche Umgebung und die Menschen rundum, Freunde und Nachbarn, in deren Umgang wir unsere ersten Eigenarten entwickeln. – Später dann kommen die schulische Umwelt und danach noch der Beruf hinzu. Aus diesen Umfeldern entstehen schließlich unsere Partnerwünsche.

Wenn ich also sage ›*meine* Partnerwünsche‹, steckt darin sehr viel von den Wünschen anderer, die ich übernommen habe. Ja, manchmal ist das, was wir uns als Partner wünschen, mehr darauf gerichtet, auf andere Menschen in unserer Umgebung positiv zu wirken, als auf die eigentliche Ich-Du-Beziehung.

Diese Gefahr, in der Partnerwahl den Wunsch

anderer zu erfüllen statt unsere eigenen, laufen wir eigentlich ständig. In unserer Partnerwahl steckt eben immer auch der Wunsch, anderen zu gefallen.

Man denke nur an das stolze Imponiergehabe, mit dem wir das Foto eines attraktiven Partners unseren Freunden oder Arbeitskollegen zeigen, oder mit dem wir uns mit einem attraktiven Partner in der Öffentlichkeit zeigen. Das ist menschlich, allzumenschlich. Eine Quelle der Lust, die sich niemand entgehen lassen sollte.

Schön und richtig. Aber nicht genug. Denn in einer guten Partnerschaft besteht ja gerade die Chance, daß zwei Menschen sich von der Last befreien, gesellschaftlich gefallen zu müssen. Richtige Partnerschaft, die in einem tieferen Sinne

etwas mit den besonderen Bedürfnissen zweier Menschen zu tun hat, und die zwei Menschen eingingen, um aneinander teilzuhaben und durch diese auswählende Entscheidung reife Persönlichkeiten zu werden, kann auf dieser oberflächlichen Ebene bloßer Attraktion nicht entstehen. Dabei sollte man an folgendes denken: Der Begriff Person, Persönlichkeit kommt von dem lateinischen Wort *personare*, das heißt ›hindurchtönen‹. *Persona* nannte man die Maske des Schauspielers, durch die hindurch er seine Rolle sprach, die er spielte. ›Persönlichkeit‹ ist demnach die Wirkung, die wir auf andere haben, mit Hilfe der Masken, die wir tragen. Das nennt man auch Rollenspiel.

Und jeder von uns spielt eine ganze Reihe von Rollen. Sie bestimmen das gesellschaftliche Gefüge, in dem wir uns bewegen. Im Rollenspiel definieren wir uns. ›Ich‹, das ist also die Summe der Rollen, die ich im Umgang mit den anderen spiele.

Die Rollen wechseln im Laufe unseres Lebens: Kind, Schüler, erwachsenes Mitglied einer Gesellschaft. Und wir spielen zur selben Zeit verschiedene Rollen: Freund, Familienmitglied, Mitarbeiter, Vorgesetzter, Untergebener, Verkehrsteilnehmer, Angehöriger eines bestimmten Berufs, eines Geschlechts. Das Bündel, aus diesen Rollen zusammengeschnürt – und bewußt getragen, das macht dann die besondere, individuelle Persönlichkeit eines Menschen aus.

Die für den erwachsenen Menschen wichtigsten Rollenentscheidungen sind zweifellos die Berufswahl und die Partnerwahl. Sie entscheiden darüber, welche Eigenschaften in einem Menschen gefördert und in den Vordergrund gestellt werden – und welche im Hintergrund bleiben oder zurückgedrängt werden.

Eine solche Betrachtung mag auf den ersten Blick entsetzlich negativ und enttäuschend wirken. Es mag der Eindruck entstehen, als handele es sich dabei um einen Prozesss fortschreitender Verarmung: So als würden wir mit unendlich vielen Möglichkeiten geboren, und jede Entscheidung reduziere offensichtlich diese Möglichkeiten, die in einem Menschen stecken. Denn jede Entscheidung realisiert eine Möglichkeit und schließt eine Anzahl anderer aus. Tatsächlich leiden viele Menschen unter dieser Vorstellung, kommen nie zu Entscheidungen und verarmen gerade dadurch! Denn man stelle sich nur das Gegenteil vor: Wir würden uns alle Möglichkeiten offen lassen. Wir wären rettungslos verloren. Wir wären alles – und doch nichts. Denn nur durch Entscheidungen kommt man zu etwas: Auch zu sich.

Unsere Entscheidungen *formen* uns also nicht nur, sie *bilden* uns überhaupt erst. Nur durch unsere Entscheidungen werden wir zu einer einmaligen Persönlichkeit. Nur so werden wir liebenswert für andere. Nur so werden wir partnerfähig. Wohlgemerkt: durch die Entscheidung für einen Partner!

›Selbstreferenziell‹ – wie gesagt – nennen die Philosophen das: Durch den anderen zu mir!

Ohne Entscheidungen wären wir also nicht näher ›bei uns‹, sondern unendlich weit von uns weg.

Heute redet man viel von Selbstverwirklichung. Manche Männer und Frauen entscheiden sich gegen eine Partnerschaft, weil sie befürchten, dadurch zu sehr gebunden zu sein, um sich selbst verwirklichen zu können. Sie wollen ihre Möglichkeiten erhalten und voll nutzen. Das funktioniert natürlich nicht. Ihr Grundfehler besteht eben darin, zu glauben, daß man **an sich** bereits eine Persönlichkeit sei. Aber wie wir sahen: genau das Gegenteil ist der Fall. Erst durch die Entscheidung für einen anderen werden wir zu dem, der wir sind.

Dieser kleine philosophische Ausflug an dieser Stelle mag anregen, mehr über die Beziehung zwischen Persönlichkeit und Partnerschaft nachzudenken und sowohl auf die Notwendigkeit als auch auf die Bedeutung der Partnerwahl hinzuweisen.

Das heißt im konkreten Fall der Wahl: Mich auf einen anderen Menschen einzulassen, der möglicherweise mein Partner sein könnte, ihn annehmen. Das eröffnet mir neue Möglichkeiten, zu dem zu werden, der ich bin. Nicht fragen: ›paßt er oder sie zu mir?‹ sondern: ›was könnten wir aus uns machen, wenn wir zusammen gehen würden?‹

5.
ES GIBT MEHR ALS NUR EINEN IDEALEN PARTNER

Seien wir ehrlich: Der Traum von der ganz großen Liebe spukt immer noch in unseren Köpfen.

Die romantische Vorstellung, daß man die Hälfte eines zerbrochenen Ringes ist und das Glück darin besteht, die verlorene Hälfte wiederzufinden. Aber genau diese Vorstellung steht dem wirklichen Partnerglück im Wege. In ihr steckt eben jene fehlerhafte Annahme, die wir zuvor besprochen haben, daß nämlich die Persönlichkeit fest gefügt, umrissen und unwandelbar sei.

Tatsache ist jedoch, daß wir in jeder Beziehung zu einem anderen Menschen selbst auch immer ein wenig anders sind. In jeder Begegnung mit einem anderen Menschen klingen andere Saiten in uns an. Niemals alle. Und den **einen** idealen Partner gibt es aus zwei Gründen nicht. Zum einen müßten ja beide sich gegenseitig in ihren Wünschen und Bedürfnissen hundertprozentig ergänzen. Und das gibt es eben nur im Märchen. Zum anderen sind Wünsche grundsätzlich so beschaffen, daß sie sich im Laufe des Lebens ändern, alters- und situationsbedingt.

Es ist also wichtig, einzusehen, daß Partnerschaft ein dynamischer Prozess ist. Wenn wir uns überhaupt einer Idealvorstellung nähern wollen, dann müßte sie auf die Bedingung zielen, daß beide Partner fähig und bereit sind, die Entwicklungen des anderen mitzumachen, ohne in der eigenen Entwicklung behindert zu werden und gerade daran selbst zu wachsen.

Nein, ideale Partnerschaften der ersten Art werden nur im Himmel geschlossen und zwar ganz oben, im siebenten Himmel. Früher oder später fallen die Partner dann aus allen Wolken, und zwar einzeln. Hier auf der Erde jedoch gehört zu einer guten glücklichen Partnerschaft mehr als nur romantische Liebe. Kurioserweise: Wer das bedenkt, bekommt Liebe dann nicht selten als Dreingabe. Mit anderen Worten: Liebe kann man nicht suchen, man findet sie oder bekommt sie geschenkt.

Partnerwahl ist die Suche
nach einem Menschen,
der in mir etwas zum Klingen bringt –
und ich in ihm!

Und wenn dann einige Randbedingungen auf beiden Seiten übereinstimmen, dann ist ein Glück gefunden, aus dem mit der Zeit ›ein ideales Paar‹ werden kann. Wer jedoch alles will, wird nichts erreichen.

Auch im Umgang mit dem Glück gilt Goethes Wort: ›In der Beschränkung zeigt sich der Meister‹.

Praktisch auf die Partnerwahl angewendet heißt das: Überlegen wir uns, welcher Mensch welche Saiten in uns zum Klingen bringt und welche nicht. Wieviel ist uns das eine wert? Wie sehr würden wir das andere missen? Voraussetzung dafür ist natürlich, daß wir uns selbst einigermaßen gut kennen, unsere Wünsche, Bedürfnisse, Träume. Voraussetzung ist auch, die eigene Kraft, von sich aus etwas zu geben und sich auf den anderen hin zu verändern. Sich auf den anderen einzulassen, ihm zu begegnen, um ihn in beidem – in seiner Einmaligkeit und in seiner Bedeutung für mich – schätzen zu lernen.

6.
WÜNSCHE UND WIRKLICHKEIT

In der Partnerwahl wollen wir unsere Wünsche erfüllen. Aber Wünsche und Bedürfnisse haben etwas Vertracktes: Ihre motivierende Kraft geht häufig verloren, sobald sie erfüllt sind. Die meisten Wünsche sind wandelbar. Nur auf wenige kann man überdauernd setzen. Dazu gehört mit Sicherheit der Wunsch, akzeptiert und verstanden zu werden, der Wunsch nach einem Freiraum – aber zugleich auch nach Sicherheit und Bindung:

›Freiheit in der Bindung‹,

um noch einmal Goethe zu zitieren.

Je weniger sich jemand mit sich selbst beschäftigt, desto mehr wird er auf der Suche nach seinem

Glück jedoch an den äußeren, oberflächlichen Wünschen kleben: Größe, Alter, äußere Erscheinung zum Beispiel. Gewiß, solche Wünsche sollte man nicht ganz vernachlässigen. Auch sie können Bausteine zum Glück sein – vorausgesetzt natürlich, man hat dem Partner Vergleichbares zu bieten. Etwas, das **er** sich wünscht.

Aber solche Wünsche werden in der ersten Phase des Kennenlernens oft überschätzt – besonders deswegen, weil zu diesem Zeitpunkt andere Informationen über den Partner meist noch fehlen. Später werden die gewünschten und nun erfüllten Eigenschaften dann zur Selbstverständlichkeit – und verlieren ihre bindende Wirkung.

Wenn man die Wunschlisten einmal nach Geschlechtern getrennt betrachtet – solche Listen müßten übrigens alle paar Jahre neu geschrieben werden, so sehr ändern sie sich mit der Mode, – fällt heute auf, daß Frauen durch eine feste Partnerschaft gern in eine höhere gesellschaftliche Schicht gelangen möchten. Die Krankenschwester möchte den Arzt, die Sekretärin den Chef. Die Erfüllung solcher Wünsche ist vielen sogar ein zwanzigjähriger Altersunterschied wert.

Männer hingegen suchen ihre persönliche Aufwertung in einer jüngeren, gutaussehenden Frau, damit andere sie beneiden.

Beide suchen den idealen Partner – und vergessen nur allzu oft die Problematik der ›Bedürfnisverträglichkeit‹, wie die Wissenschaftler das nennen.

Das heißt: ob ihre eigenen Bedürfnisse und die ihrer Wunschpartner überhaupt miteinander vereinbar sind.

Noch etwas Statistik: Beide, Männer und Frauen, wünschen sich ein erfülltes Sexualleben. Bei genauer Befragung können allerdings nur wenige genau angeben, was sie damit meinen. Denn selbst auf diesem allerintimsten Gebiet orientieren die meisten Menschen ihre Wünsche an einem Sex-Standard, demzufolge mehr allemal besser ist. Als selbstverständliche Dreingabe erwartet jeder Zärtlichkeit, Geborgenheit, Treue, ähnliche Freizeitinteressen und Verständnis für die eigenen Schwächen.

Die Glückserwartungen vieler Partnersuchenden sind in der Regel so unrealistisch wie ihre Selbsteinschätzung. Sie verlangen von ihrem Ideal, was sie oft selbst nicht haben oder geben können. Oft handelt es sich um maßlose Kinderwünsche, die der Erwachsene in seinem Prestigebedürfnis dann noch einmal übersteigert.

Wem das zu negativ klingt, werfe einen Blick in die Heiratsanzeigen jeder beliebigen Zeitung. Da wimmelt es von warmherzigen, anschmiegsamen, attraktiven Frauen, die mit einem Kumpel durch dick und dünn gehen wollen. Und von guterhaltenen, sensiblen Männern in gehobenen Positionen, die ihrerseits mit einem weiblichen Wesen Pferde stehlen möchten. Der Leser wundert sich, warum diese prächtigen Menschen nicht schon längst in festen Händen sind. Aber wer je auf solche Anzeigen geschrieben hat, kennt die Enttäuschung beim ersten Treffen. Die Selbstdarsteller entpuppen sich meist als ganz normale Durchschnittstypen, die sich ihrerseits vom annonzierten Gegenüber viel zu viel versprochen haben.

Ein besonderes Problem genereller mangelnder Bedürfnisverträglichkeit zwischen den Geschlechtern ist seit der Emanzipation der Frau zu beobachten. Die ideale Ehefrau sollte vor allem mütterlich sein, sagen die Männer. Anschmiegsam, zärtlich und treu. Viele Frauen aber sind in ihrem Streben nach Unabhängigkeit und Selbständigkeit nicht mehr uneingeschränkt willens, die dementsprechenden Leistungen als ihr eigenes Bedürfnis anzuerkennen. Demzufolge hat sich in der Gruppe der 25 bis 45-jährigen Frauen die Zahl der selbstbewußten, berufsorientierten ›Solistinnen‹ in den letzten zehn Jahren verdoppelt. Das hat das ›erotische Kraftfeld‹ verändert, in dem Partnerwahl stattfindet. Der ideale Mann, die große Liebe – darauf setzen immer weniger Frauen.

Das ist in der Tendenz wohl richtig. Aber auch wieder nicht, denn wenn Zeitschriften ihre Leser und Leserinnen über Meinungsforscher befragen lassen und dabei herausfinden, daß der Wunsch der Menschen auf Mehrfachpartnerschaft zielt, muß man diesem Ergebnis gründlich mißtrauen. In einem Interview locker und flockig darzustellen, was für ein aufgeschlossener Typ man ist, der mit der Zeit geht und feste Bindungen belächelt, das wird von einem Menschen, der als modern gelten will, heute nahezu erwartet und läßt sich dementsprechend leicht sagen.

Aber die unterkühlten Beteuerungen selbstbewußter Single-Philosophie weichen bei genauerem Nachfragen stets dem tief im Inneren immer bleibenden Wunsch, Liebe und Partnerschaft auf eine Karte zu setzen. Zwar ist die Prinz-und-Prinzessin-Geschichte ausgeträumt, aber es bleiben genügend Bindungs-Wünsche, die bei nüchterner Betrachtung durchaus realisierbar sind. Nur bedarf es dazu eben einiger zusätzlicher Bemühungen – in der Beziehung zu sich und zu anderen. Diese Wünsche laufen auch heute noch auf eine feste und dauerhafte Zweierbeziehung hinaus, die mehr ist als eine ›Beziehungskiste‹.

7.
DIE GRÖSSTEN FEHLER BEI DER PARTNERWAHL

Leider stellt sich meist erst viel zu spät heraus, ob man den falschen Partner gewählt hat. Wenn die Vernunft bestimmen würde, wäre dann wohl eine klare Trennung die richtige Entscheidung. Aber manche Menschen können sich das aus finanziellen, gesellschaftlichen oder beruflichen Gründen vermeintlich nicht erlauben, weil sie einen Verlust an Ansehen fürchten. Was dann bleibt, ist Resignation oder ein doppeltes Spiel, weit weg vom einmal erträumten Glück.

Immer mehr Partner gehen heute den Weg zum Psychotherapeuten, um herauszufinden, ob noch etwas zu retten ist – oder wie man sich mit Anstand trennt. Aus den Berichten dieser Therapeuten, die man seit gut zwanzig Jahren wissenschaftlich aufzubereiten versucht, können wir den Schluß ziehen, daß der gravierendste Fehler in den meisten Fällen bereits in der falschen Partnerwahl liegt. Zwar, oberflächlich betrachtet, sind es scheinbar die kleinen Reibereien im Alltag, die zum Partnerschaftsproblem eskalieren. Aber warum brechen unter denselben Vorkommnissen einige Paare zusammen, während andere gerade daran wachsen?

Das unterschiedliche Umgehen mit alltäglichen Schwierigkeiten ist in der Vereinbarkeit oder Unvereinbarkeit der Charaktere begründet, was bereits vor der Entscheidung, zusammenzugehen, beobachtbar gewesen wäre – hätte man die wahren Wünsche beider Partner rechtzeitig erkannt und durchschaut.

Noch ein anderes Problem tritt häufig auf: Besonders bei jungen Menschen läßt sich beobachten, daß es falsch ist, aus einem sogenannten ›Wegmotiv‹ heraus eine Partnerschaft einzugehen, also aus dem Wunsch, einer bestehenden Lage – meistens ist es das als einengend erlebte Elternhaus – zu entkommen. Aus der unbehaglichen Vorstellung, danach allein zurechtkommen zu müssen, wird diesem eigentlichen Wegmotiv dann ein positiver klingendes ›Hinmotiv‹ – hin zu einem bestimmten Partner – regelrecht unterschoben.

Das geht natürlich in den allermeisten Fällen schief. Erstens, weil mit der Ablösung vom Elternhaus die Motivkraft für die Wahl dieses Partners erlahmt oder ganz erlischt. Zweitens, weil der Partner früher oder später merkt, daß es bei dem Entschluß gar nicht um ihn ging. Und drittens, weil sich mit Sicherheit zeigen wird, daß die erwünschte Freiheit sich gar nicht einstellte, dafür aber eine Reihe von Verpflichtungen eingehandelt wurden, die einem noch weniger gefallen als die Situation im Elternhaus.

Die Verwechselung von Hin- und Wegmotiven, also das Gefühl, scheinbar zu einer Person hingezogen zu sein, während man in Wirklichkeit nur einer leidigen Situation entfliehen wollte, ist häufig auch der Grund dafür, daß Partner, die sich trennen, in fliegendem Start eine neue Beziehung eingehen, anstatt Abstand zu nehmen und Rat zu suchen, damit bei der nächsten Partnerwahl die alten Fehler nicht wiederholt werden.

Besonders Männer neigen zu solchem Fehlverhalten, weil sie befürchten, den Alltag allein nicht bestehen zu können.

Frauen machen in solchen Situationen häufig einen anderen Fehler. Aus einem Gemisch von Selbstvorwürfen und enttäuschter Hoffnung verunsichern sie sich selbst und fallen in eine Resignation, die die Dichterin Christa Wolf so tief nachempfand, wenn sie schrieb:

›Wir taugen nicht zu dem,
wonach wir uns sehnen.‹

Aus einer solchen Stimmungslage heraus ist Partnersuche im Alleingang wenig erfolgversprechend.

Die allermeisten Fehler bei der Partnerwahl werden jedoch durch falsche Wunschbilder verursacht. Der klassische Wunschkatalog – Alter, Größe, Haarfarbe – lenkt meistens vom Wesentlichen ab. In den meisten Fällen beziehen sich solche Wünsche nicht einmal direkt auf den Träger dieser Eigenschaften, sondern auf die vermeintliche Wirkung dieser Merkmale als Erfolgssignale für andere, als Symbole des Eigenwertes dessen, der diesen Partner gewählt hat. Im Leben zu zweit verlieren solche Eigenschaften aber rasch ihren Wert. Spätestens dann, wenn die ersten Schwierigkeiten des Alltags gemeistert werden müssen, aber die seelische Übereinstimmung und Ergänzung fehlt, die notwendig wäre, um mit ihnen fertig zu werden.

Es ist wirklich erschreckend, wie sehr äußere Merkmale und Verhaltensweisen Partnersuchende in die Irre führen können. Es ist ohne Zweifel außerordentlich reizvoll und schön, auf dem Jahrmarkt der Eitelkeit ein Verhalten zu demonstrieren, von dem man annimmt, daß es die Attraktion und die Eroberungschancen beim anderen Geschlecht erhöht. Nur, bei der Partnerwahl kann das verheerende Folgen haben. Denn zum einen ist gar nicht ausgemacht, ob nicht auf beiden Seiten ein Erwartungsspiel abläuft, das in Wirklichkeit beide gar nicht wollen. Und zum anderen kommt unweigerlich irgendwann der Zeitpunkt, daß man dieses

Spiel nicht mehr durchhält und auf seine eigentlichen Charaktermerkmale zurückfällt. Dann fühlen sich der eine, oder auch beide betrogen und enttäuscht.

Eigentlich muß man sagen, daß sich da gar nicht zwei *Individuen* getroffen haben, sondern zwei *Klischees*, ›Abziehbilder‹ von Prinzen und Prinzessinnen. Lauter Platzhirsche und Maiköniginnen. Und die Bewertungsgrundlage für die Wahl des Partners ist nicht mehr die eigene Person, sondern die Clique, der man angehört oder der man angehören möchte.

In Wirklichkeit sind die Partnersuchenden dann auf einen Rudel-Wunsch hereingefallen. Sie bedenken nicht, daß die, für die *alle* schwärmen, selten

gut sind für *einen*. Und dasselbe gilt natürlich auch für den Mann, der auf den Rudel-Wunsch hereingefallen ist.

Klischees sind grundsätzlich nur Verallgemeinerungen. Im Einzelfall stimmen sie nie. Also kann man Partnersuchenden nur raten:

Raus aus dem Cliquen-Klischee!
Weg vom nur Äußerlichen!

Die Befunde der Partnerschaftsforscher besagen eindeutig, daß erst die Summe vieler individueller Merkmale, die zwischen den Partnern übereinstimmen oder sich ergänzen, zu einer erfolgreichen Partnerschaft führen. Das gegenseitige Verständnis für die kleinen Fehler und Marotten des anderen gehören genauso dazu, wie ähnlicher Geschmack und die Vereinbarkeit der Interessen.

8.
WO MAN SICH TRIFFT

Man hört viel von der Liebe am Arbeitsplatz. Das ist ein interessantes Thema, über das die Medien gerne berichten. In der Tat liegt die Vermutung nahe, daß Menschen, die acht Stunden und mehr am Tage miteinander arbeiten, sich dabei näher kommen und kennenlernen.

Vielen kommt es natürlich dabei auch in den Sinn, ›es miteinander zu versuchen‹.

Gewiß, der Arbeitsplatz bietet eine gute Kulisse dafür, sich gegenseitig abzuschätzen. Im Geiste sieht jeder Mann in einer für ihn attraktiven Frau einen möglichen sexuellen Partner. Und Psychologen haben mir versichert, daß das auch auf Seiten der Frau grundsätzlich nicht anders ist. Vielleicht sind Frauen nicht so ausschließlich sexuell orientiert, sondern fühlen sich auch von anderen Merkmalen des Mannes angezogen. Aber im Grunde ist es schon so, daß Männer und Frauen sich gegenseitig als möglichen Partner abschätzen, wenn sie sich gegenüberstehen. Das ist nicht neu. Nur galt es früher nicht als schicklich, darüber zu sprechen. Im Zuge der Emanzipation wurde die Bekennerfreudigkeit größer.

Aber es geht meistens mehr um Phantasie als um Realitäten. Über die sexuellen *Phantasien* der Männer und Frauen, die sich im Arbeitsalltag begegnen, oder im Restaurant, auf der Straße, oder wo auch immer, kann man gar nicht wild genug Vermutungen anstellen. Manche dieser Phantasien werden Realität. Auf den Wellen der Phantasie können sich sicherlich auch glückliche Paare finden. Bei manchen wird die Folge einer Liebelei ›Bindungs-Konsequenzen‹ haben. Aber wenn man wirklich einmal hinter die Kulissen schaut, wird man feststellen, daß das Feld der Arbeit viel mehr vom Konkurrenzkampf geprägt ist als von *Liebe.*

Seit Frauen auf den Arbeitsmarkt drängten, wurden sie zum natürlichen Konkurrenten männlicher Karriere. Man mag das beklagen, aber es hat keinen Sinn, vor dieser Tatsache die Augen zu verschließen: Eine Frau, die in ihrem Beruf etwas erreichen will, wird am Arbeitsplatz nicht ihre Liebe finden.

Die Geschichten von der Sekretärin oder der Artzthelferin, die ihren Chef heiratet, sind mehr von

Wunschdenken als von Realität geprägt und kommen eher in Witzen oder in Groschenromanen vor.

Der normale Fall ist doch eher – trotz aller Attraktionen – die Zurückhaltung, wenn es auch schwer fällt und die Konzentration auf die berufliche Leistung. Die Möglichkeitsphantasien bleiben in den Köpfen. Schließlich will ›Mann‹ eine gute Sekretärin nicht verlieren.

Eine Chance, sich am Arbeitsplatz kennzulernen, besteht eigentlich nur, wenn Karriere und der Wunsch, vorwärts zu kommen, nicht im Mittelpunkt des Interesses stehen. Nein, wenn wir genauer hinschauen, müssen wir gestehen, daß der Arbeitsplatz kein Ort der Liebe ist. Und wenn sich dort doch einmal zwei finden und sich entscheiden, zusammenzuleben, wird dies in der

Regel für einen von beiden bedeuten, den Arbeitsplatz aufzugeben, weil sonst die Sachlichkeit der täglichen Arbeit leiden würde – und eigentlich auch der häusliche Intimbereich.

Ich kenne eine Sekretärin, die über zehn Jahre mit ihrem Chef zusammengearbeitet hatte. Beide suchten, ohne daß der andere davon wußte, einen Partner und wandten sich zufällig an das selbe Partnerschaftsinstitut. Durch diesen Schritt wurden sie ein glückliches Paar.

Vielleicht ein extremer Fall, könnte man meinen. Aber er wirft ein treffendes Licht auf die allgemeine Tatsache, daß ohne äußere Hilfe die Liebe auch am Arbeitsplatz wenig Chancen hat.

Je mehr man sich auch sonst umschaut: Unsere traditionellen Heiratsmärkte erfüllen ihre Aufgabe kaum noch.

Viele zarte Bande wurden früher bereits sprichwörtlich *›im Sandkasten‹* geknüpft. Das heißt, partnerschaftliche Beziehungen bahnten sich in der Nachbarschaft der Kindheit und Jugend an. Zunehmend häufiger Ortswechsel trennt diese frühen Verbindungen leider allzuoft.

In der *Schule, Hochschule* oder *Lehre* stehen heute schon Jugendliche in einem gnadenlosen Konkurrenzkampf. Wo es um Notendurchschnitte bis zu zwei Stellen hinter dem Komma geht oder darum, wer die anderen überflügelt und entsprechend weiter kommt, bleibt ebenfalls wenig Raum für vertrauensvolle Zuneigung. Das setzt sich dann, wie sich zeigte, am Arbeitsplatz und im Beruf fort: Seit Frauen und Männer halbwegs gleichberechtigt um Positionen rangeln, gilt ein Flirt als strategischer Schachzug.

In *Kneipen*, *Discos* und auf *Parties* wird die Partnersuche auf die Nacht verlegt. Und, wie die Paare, die sich hier zusammenfinden, argwöhnen: nur für eine Nacht. Die Konkurrenz zwischen den herausgeputzten Jägern beiderlei Geschlechts scheint so groß zu sein, daß sie ihren Gefühlen nicht mehr trauen, selbst wenn sie die Beute schon im Bett haben: Liebe ich ihn/sie wirklich, oder wollte ich bloß nicht allein nach Hause gehen? Doch Aids bremst auch solches Treiben. Und erfahrene Pistengänger wissen leidvoll zu berichten, daß die attraktivsten Männer/Frauen sowieso immer schon ›in Begleitung‹ sind.

Für viele ist der alljährliche *Urlaub* die Hoffnung auf neue befriedigende Kontakte. In den schönsten Wochen des Jahres sollen sich auch die Wünsche nach einem schöneren Leben zu zweit erfüllen. Aber selbst am Urlaubsort gelten die üblichen Prestige-Regeln: Die Strandschöne gehört dem begehrtesten Beachboy, der einzige attraktive Einzelreisende der ansehnlichen Scheidungswitwe. Oder, ganz profan: Am letzten Tag vor der Abreise zerbricht die große Urlaubsliebe an dem Bekenntnis zumindest eines Partners, daß daheim eine andere oder ein anderer wartet.

9.
VOM ERSTEN TREFFEN BIS ZUM KENNENLERNEN

Viele mögliche Partnerschaften kommen nicht zustande oder brechen jäh ab, weil bereits die erste Phase der Entwicklung falsch läuft. Entweder zu rasch oder zu langsam, zu blauäugig oder zu kritisch, zu aufdringlich oder zu distanziert.

Der romantische Wunsch nach der
Liebe auf den ersten Blick
verstellt die Sicht auf den Menschen.

Daher sollte man einige psychologische Kenntnisse und Regeln beachten, die das Treffen und Kennenlernen zwischen Menschen beeinflussen oder gar bestimmen.

Zum Beispiel ist es fast unmöglich, sich folgender Tatsache zu entziehen: Wenn wir einem Menschen zum ersten Mal begegnen, machen wir uns sogleich auch schon ein Bild von ihm. Nahezu in Sekundenschnelle entscheidet sich da, ob wir jemanden sympathisch oder unsympathisch finden. Und falls sympathisch, so halten wir ihn zugleich auch noch für interessant, intelligent und überhaupt für rundum gut.

Die sogenannte Liebe auf den ersten Blick ist von dieser Art. Nur mit dem Unterschied, daß sie in den meisten Fällen rasch vergeht. Auf die Täuschung folgt die Enttäuschung. Sympathie hingegen bleibt grundsätzlich viel länger erhalten. Es gibt noch einen weiteren Unterschied: Die Liebe auf den ersten Blick ist meistens einseitig. Sympathie beruht auf Gegenseitigkeit.

Die allzu frühe Ablehnung ist vielleicht noch schlimmer, denn sie bewertet einen Menschen allzu vorurteilig und nimmt jedem die Chance, den anderen richtig kennen und – wer weiß – vielleicht auch lieben zu lernen.

Wir sollten also den Wunsch nach Liebe auf den ersten Blick nicht so weit treiben, daß er uns die Chancen für eine sich entwickelnde Liebe verdirbt.

Zwar schrieb bereits Johann Caspar Lavater (1741–1801), ein Freund Goethes und einer der Begründer der Ausdrucksforschung: ›Traue deiner ersten, schnellsten Empfindung immer am meisten!‹

Und in der Tat, wer sich rasch ein – richtiges! – Bild vom anderen macht, kann sich auch schneller und besser entscheiden und ist anderen Menschen immer einen Schritt voraus. Aber das Verliebtsein vernebelt diese Fähigkeit. Daher können Frauen auch andere Frauen richtiger einschätzen und Männer andere Männer.

Wenn man nicht gleich in Liebe entbrennt, oder ein Gefühl der Ablehnung aufkommen läßt, hat man also viel mehr Chancen, sich wirklich kennenzulernen.

Die Fähigkeit, Menschen auf den ersten Blick richtig einzuschätzen, kann man übrigens verbessern, wenn man lernt, einige Fehlerquellen zu vermeiden. Etwa die Tendenz zur übermäßigen Vereinfachung des Bildes vom andern, derzufolge ein bestimmtes einzelnes Merkmal auf andere Merkmale übertragen wird. Das führt zu Schwarz-Weiß-Zeichnungen: weil uns jemand sympathisch ist,

halten wir ihn auch für intelligent und gut. Oder die Projektion eigener – meist uneingestandener – Eigenschaften auf andere. So etwa, wenn der eigene Argwohn – oder die eigene Verliebtheit –

auch im anderen gesehen wird. Wem ich aber mit Argwohn begegne, der wird selbst leicht argwöhnisch reagieren, obwohl er anfänglich gar nicht dazu neigte.

Das scheint dann sogar noch den ersten Eindruck zu bestätigen, ist aber in Wirklichkeit nichts anderes als eine sich selbst erfüllende Prophezeiung. ›Wie man in den Wald hinein ruft, so schallt es heraus‹, sagt der Volksmund.

Nein, lassen sie sich wirklich aus Erfahrung sagen: Vertrauen sie in Liebesdingen nicht uneingeschränkt dem ersten Eindruck! Das wahre Glück braucht seine Zeit. Zudem:

Die besten Männer sind selten auch
die größten Eroberer der ersten Stunde.

Und auch den Frauen sieht man nicht gleich an, wie gut sie in Wirklichkeit sind.

Bilden Sie sich also kein vorschnelles Urteil, wenn Sie einen Menschen treffen, der Ihr Partner werden könnte. Denn Ihr Verhalten bestimmt mit, wie sich der andere gibt, was er von sich zeigt, ob er sich öffnet oder verschließt. Ob er sympathisch ist.

Denn das Wesen der Sympathie ist der Einklang der Gefühle. Sympathie ist also keine Einbahnstraße. Sie lebt von der Begegnung.

Wer Sympathie signalisiert,
dem wird Sympathie entgegengebracht.

Sympathie steckt an. Daher sollte, wer einen Partner sucht, immer wieder das Abenteuer einer Begegnung wagen. Auch wenn daraus nicht gleich beim ersten Mal ein Partner für's Leben wird. Vielleicht wird er ja ein guter Freund – und gehört dann zu den Freunden, unter denen man schließlich den richtigen Partner wählt.

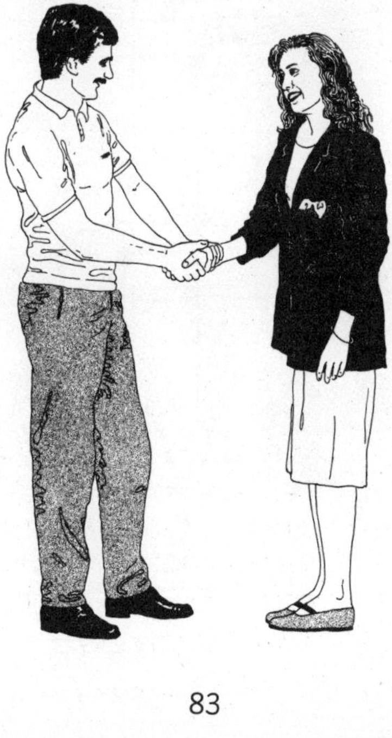

Wer einen Partner sucht,
muß offen sein für ein Gespräch.

Gespräche wirken oft Wunder. Wenn man zuvor noch dachte, allein zu sein, kann sich plötzlich eine neue, gemeinsame Welt erschließen.

Dabei ist Bedeutung und Wirkung der Körpersprache nicht zu vergessen. Auch Kleidung spricht. ›Kleider machen Leute‹ sagt wiederum der Volksmund.

Ich halte nicht viel davon, dies so zu verstehen, daß zwei, die sich zum ersten Mal verabreden, ihre feierlichste Kleidung anlegen und sich dann mehr als Träger des Kleides denn als Träger von Eigenschaften gegenüber stehen.

Man sollte sich so kleiden, wie man sich am wohlsten fühlt, wie man sich am meisten ›zuhause‹ fühlt. Natürlich der Situation angepaßt, dem Rahmen, in dem man sich trifft. Dieser Rahmen sollte allerdings selbst auch nicht gerade der steifste sein.

Sich darüber Gedanken zu machen,
was der andere von diesem Treffen erwartet,
ist bereits der erste Schritt zur Sympathie.

10.
WIE MAN HERAUSFINDET, WER ZU EINEM PASST

Die Frage, wer zu einem paßt, hat – wie alles in der Partnerschaft – zwei Seiten, und ihre Beantwortung setzt daher zweierlei voraus: Selbstkenntnis und Kenntnisse über den anderen. Wer nicht weiß, was er wirklich will, wird immer falsch wählen. Und wer sich dem andern nicht öffnet, erfährt nichts über ihn. Im Grunde kommt es auf die richtige Kommunikation an, ob sich zwei Menschen kennenlernen.

Das ist, weil zweifellos richtig, leicht gesagt – aber schwer getan. Dennoch: Lassen Sie mich einige Hinweise geben, wie man der Antwort auf diese schwierigen aber wichtigen Fragen näherkommen kann.

Das Kennenlernen ist ein Frage-Antwort-Spiel.

Und zwar mit allen Sinnen. Mit Auge und Ohr, Mund und Nase und mit Händen und Füßen.

Wenn zwei Menschen sich begegnen, spielt, wie wir sahen, der erste Eindruck eine nicht unerhebliche Rolle. Auch Geruch und Stimme entscheiden mit über Sympathie oder Antipathie. Aber der eigentliche Aufbau einer Beziehung läuft doch über das gesprochene Wort. Im Gespräch miteinander finden wir heraus, was jemand vorzieht oder ablehnt, was er sucht und was er meidet. Das Insgesamt aller Vorlieben und Abneigungen gibt uns ein sehr gutes und treffendes Bild von einer Person. Auch, wie jemand über seinen Beruf oder über seine Hobbies spricht, zeigt, wen wir vor uns haben. Der Beruf an sich ist gar nicht einmal so wichtig, sondern wie er darüber spricht.

Vor kurzem hörte ich in einer Weinstube unfreiwillig zwei Menschen zu, die offensichtlich gerade dabei waren, sich näher kennzulernen. Sie waren dabei, ihre Speisen auszuwählen.

Er: ›Was möchten Sie essen, Fisch oder Fleisch?‹

Sie: ›Ich esse sehr gerne Fisch, in allen Arten, gebraten oder gekocht. Man hört in letzter Zeit ja nichts Schlechtes mehr über Fisch. Fisch ist gesund. Ja, vielleicht diesen gekochten Rotbarsch da!‹

Er: ›Ja. Dann nehme ich den auch. Dazu paßt gut ein trockener Weißwein. Dann können wir uns eine ganze Flasche bestellen. Beim offenen weiß man nie, was man bekommt.‹

Sie: ›Ich trinke im allgemeinen auch gerne Weißwein ... Der Rote macht so müde. Aber heute besser nicht. Ich muß noch Auto fahren. Ich nehme ein Mineralwasser.‹

Er: ›Da haben Sie recht. Aber Fisch ohne Wein ... das fällt mir denn doch zu schwer. Ich nehme dann einen offenen. Ein Viertel wird mir nichts tun.‹

Dann, später, nach der Bestellung–

Sie: ›Sie tragen da einen sehr schönen Anzug.‹

Er: ›Danke! Es macht mir Spaß, beim Anziehen darauf zu achten, was zueinander paßt.‹ – Es entstand eine Pause. Dann fuhr er, wohl nicht ohne Hintergedanken, fort: ›Aber es fällt mir schwer, allein immer die richtigen Sachen zu finden ... Hätten Sie vielleicht nicht einmal Lust, mir beim Einkaufen zu helfen?‹

Sie: ›Ja, sehr gern sogar. Wenn Sie möchten? Mir macht Mode und Einkaufen großen Spaß.‹

Ich gebe diese Gesprächsfetzen wieder, weil sie zeigen, wieviel man in einem Gespräch schon in kurzer Zeit voneinander erfahren kann: Er ist offensichtlich ein Genießer, der gern ißt und sich gut kleidet. Er paßt sich gerne an, was ihn aber nicht daran hindert, seine eigenen Bedürfnisse nicht zu kurz kommen zu lassen. Und er ist sehr diplomatisch und feinfühlig in der Äußerung seiner Wünsche und seines Interesses, die Frau näher kennenzulernen. – Auch sie legt großen Wert auf Äußeres und ist für alles Schöne empfänglich. Sie hält sich an Prinzipien und ist in ihrer ganzen Art direkter, konsequenter und auch wohl mehr verstandesbetont als er. – Ich hatte den Eindruck, daß die beiden gut zueinander passen.

Beim Frage-Antwort-Spiel des Kennenlernens geht es also darum, zu erfahren, wie jemand sich in den verschiedensten Situationen entscheidet. Das darf natürlich nicht in ein Abfragen und Aushorchen ausarten und nicht die Form eines polizeilichen Verhörs oder einer ärztlichen Anamnese annehmen. Aber nach zehn, zwanzig Fragen kennt jeder den andern recht gut – und auch sich selbst viel besser.

Psychologische Tests gehen im Prinzip nicht anders vor. Auch sie stellen eine Reihe gezielter Fragen und verlangen von uns eine Stellungnahme, eine Entscheidung. Und aus unseren Antworten liest der Psychologe dann, welche Eigenschaften wir besitzen, was uns bewegt und was unsere wahren Wünsche sind.

Die Frage, wer zu einem paßt, wird nie auf eine 100 Prozent-Lösung zielen können. Im menschlichen Bereich gibt es keine mathematische Eindeutigkeit und keine Gewißheit. Gerade das macht das Leben und die Menschen ja erst liebenswert. Es wird also immer nur um Annäherungswerte gehen, um einen mehr oder weniger hohen ›Passensgrad‹. Und immer werden einige Wünsche erfüllt, während andere unerfüllt bleiben. Also wird man abwägen müssen: Welche Eigenschaft beim anderen ist mir wie wertvoll? Welche Unerfülltheiten nehme ich dafür inkauf?

Wer vor einer Entscheidung steht, sollte sich eine Check-Liste anlegen, um die positiven und negativen Aspekte einer bestimmten Beziehung ›in Rechnung zu stellen‹.

Die Check-Liste.

Der erste Schritt:

Werden Sie sich zunächst darüber klar, was Ihnen an einer Partnerschaft wichtig ist. Dabei geht es um die Festlegung der eigenen Ausgangslage der Gefühle und Wünsche, die Sie mit der Vorstellung von Partnerschaft verbinden. Das verlangt eine konkrete Antwort:
was ist

–1. unabdingbar?
–2. wichtig?
–3. wünschenswert?
–4. weniger wichtig?
–5. unwichtig?

Da es jedoch besonders in der Liebe meist ganz anders kommt, als man es sich als Single gedacht hat, darf man diesen ersten Schritt nie ganz festlegen. Vielmehr sollte man im konkreten Fall einer Bekanntschaft für Kursänderungen immer offen sein.

Der zweite Schritt:

Versuchen Sie, den Menschen, den Sie kennengelernt haben und um den es geht, auf der Grundlage der Eindrücke, die Sie von ihm in Gesprächen gewonnen haben, zu beschreiben. Und zwar bereits in einer bewußt bewertenden Weise, nämlich auf sich bezogen: was berührt angenehm, was weniger? Legen Sie eine Plus-Minus-Liste an.

Der dritte Schritt:

Gewichten Sie die Ergebnisse. Wieviel sind mir die Pluspunkte wert? Wie gravierend sind die Minuspunkte?

Danach sind Sie dann ein gutes Stück weiter: Sie sehen klarer, und zwar sowohl den Partner, als auch sich selbst. Das wird Ihnen die Entscheidung leichter machen. Oder es führt zu der Erkenntnis, daß Sie für eine Entscheidung für einen bestimmten Partner noch nicht reif sind.

*

Beispiel für eine Check-Liste

Eine solche Check-Liste kann zum Beispiel so aussehen, wie die eines Freundes von mir, die er auf meinen Rat hin angelegt hatte, um sich über eine bestimmt Beziehung klar zu werden:

Erster Schritt:
Worauf es mir in der Partnerschaft ankommt.

1. unabdingbar: seelische Tiefe und Einfühlsamkeit.
2. wichtig: Verständnis für meine Schwächen. (Mein Freund ist ein ziemlicher Eigenbrötler).
3. wünschenswert: Hübsch, aber nicht zu schön. (Davor hat mein Freund wohl Angst. Wie übrigens viele Männer.)
   Klugheit. Einen eigenen Beruf.
4. Nicht so wichtig: Herkunftsland, Religion.
5. Unwichtig: Ob sie Geld hat. (Geld hat mein Freund selbst).

Zweiter Schritt:
Die bewertende Beschreibung meiner neuen Freundin – hier zunächst die Plus-Punkte:

- Ihre unkomplizierte Art, direkt auf eine Sache zuzugehen: Hilft mir über meine Neigung zu zögern und zu zweifeln hinweg.
- Sie hat zwei lustige Grübchen in den Wangen, wenn sie lacht. Und einen ganz kleinen Sil-

berblick, der mich auf eine angenehme Weise verwirrt.

- Sie kocht gut und hat viel Sinn für einen schön gedeckten Tisch.
- Sie liebt Literatur und Kunst und geht gern in neue Filme – wie ich.
- Sie hat viele eigene Interessen: Das verschafft mir Freiraum für mich selbst.

Und nun Merkmale, die möglicherweise als Minus-Punkte gezählt werden müßten:

- P. ist zwei Jahre älter als ich. (Mein Freund ist 40)
- P. ist so groß wie ich. Aber mit den hohen Absätzen… (Mein Freund ist 175 cm groß)
- Sie hat ein Kind aus erster Ehe, eine (süße) Tochter, 7.
- P. treibt gern Sport, fährt Ski, spielt Tennis. (Mein Freund ist ein Sport-Muffel).
- Die unabhängigen Aktivitäten von P. könnten später vielleicht einmal zu einem zu großen Abstand führen?

Dritter Schritt:

Die Abwägung der Plus- und Minus-Punkte:

Die Pluspunkte überwogen meinem Freund.

Er hat sich für P. entschieden. Beide sind darüber ausgesprochen glücklich.

Welche Merkmale bestimmen nun, ob zwei Menschen zueinander passen oder nicht? Wenn ich so direkt gefragt werde, zeichne ich gern folgende ›Windrose‹:

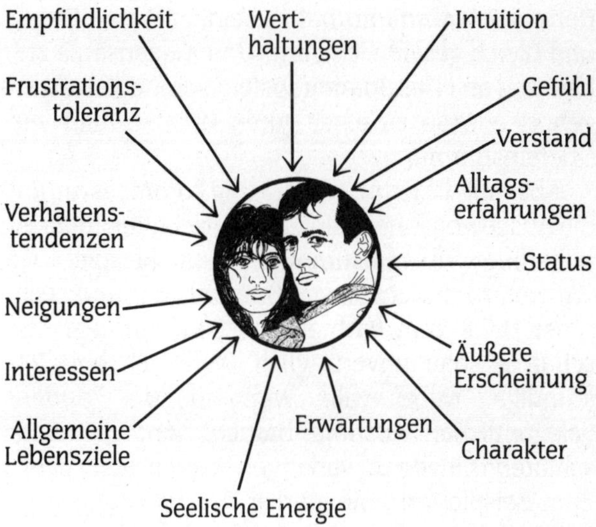

Aber Achtung: Zusammenpassen heißt nicht, sich in allem gleichen! Für eine wirklich gute Partnerschaft gilt vielmehr:

Soviel Ähnlichkeit wie möglich
und soviel Gegensatz wie nötig!

Denn der Volksmund hat in beidem recht: ›Gleich und Gleich gesellt sich gern.‹ und ›Gegensätze ziehen sich an.‹ Das Spannungsfeld von Gegensätzen gehört ebenso zu einer guten Partnerschaft wie Übereinstimmungen.

Aber auf die richtige Mischung kommt es an, auf die Ausgewogenheit. Einige Eigenschaften müssen unbedingt übereinstimmen. Zum Beispiel der Wunsch nach dem Ausmaß räumlicher und seelischer Nähe zum Partner. Es ist für eine Partnerschaft absolut unverträglich, wenn der eine 24-stündige Nähe will, während der andere gelegentlichen Abstand braucht. Andere Eigenschaften hingegen verlangen Gegensätzlichkeit. Zum Beispiel wird ein starker Durchsetzungswille auf beiden Seiten unweigerlich zu Schwierigkeiten führen. Eine Kombination – von Durchsetzungswille und Anpassungsbereitschaft – ist zweifellos ein erfolgreicheres Eigenschaftspaar.

Und auch noch aus folgendem Grunde: Wer zuvor immer auf Durchsetzung aus war, verliert diesen Willen nach und nach, wenn er erlebt, daß sein Partner das aktzeptiert. Vielen an sich negativen Eigenschaften geht es so: Sie normalisieren sich in einer gut kombinierten Partnerschaft. Man würde die Funktion einer guten Partnerschaft unterschätzen, wenn man dieses als bloße ›Nebenwirkung‹ betrachten würde.

11.
WARUM ES OHNE BERATUNG NICHT GEHT

Jeder Mensch erhebt den Anspruch, sich seinen Lebenspartner ganz allein zu wählen. Es geht um die Freiheit der Persönlichkeit.

In der Tat ist die Partnerwahl, neben der Berufswahl, wohl die bedeutsamste Entscheidung in unserem Leben. Aber wie wir gesehen haben, treffen hierbei so vielfältige, vielschichtige und oft auch sich widersprechende Einflüsse aufeinander, daß es uns schwerfällt, sie in ihrem Zusammenspiel zu durchschauen und richtig zu bewerten. Und so schwanken wir im Kampf der verschiedensten Motive zwischen Anziehung und Vermeidung.

Aus Angst vor einer falschen Wahl wird die Entscheidung nicht selten so sehr verzögert, daß sie schließlich tatsächlich falsch wird. Viele Ehen werden geschlossen, wenn beide durch ihr zögerliches Verhalten die ursprüngliche Kraft ihrer Attraktion bereits selbst zerstört haben. Aber sie verbinden sich, weil sie sich gesellschaftlich schon so sehr eingebunden fühlen, daß sie glauben, nun gar nicht mehr anders zu können, ohne ihr Ansehen zu verlieren.

Wenn wir ehrlich sind, müssen wir zugeben, daß uns unser eigener Anspruch, mit dieser Entscheidung alleine fertig zu werden, überfordert.

Wir sind in der Partnerwahl gar nicht so autonom, so frei, selbst zu bestimmen. Schon unsere Wünsche sind häufig von außen übernommene. Darüber haben wir im 6. Kapitel gesprochen. Und sie stehen unseren eigentlichen Bedürfnissen nicht selten entgegen. Andere, ureigenste Wünsche hingegen sind uns manchmal nicht einmal klar bewußt. Wir haben sie verdrängt, weil man uns vielleicht gelehrt hat, nicht egoistisch sein zu dürfen oder daß diese Wünsche gar ›unschicklich‹ seien. So formt das Bild, das wir von uns nach außen hin zu zeigen gelernt haben, den Katalog unserer Wünsche.

Diese Anpassung ist im alltäglichen Umgang mit anderen Menschen zweifellos von Vorteil. Aber bei einer so zentralen Entscheidung wie die der Partnerwahl ist diese falsche Rücksicht töricht. Zumal wir ja nicht einmal genau wissen, ob unsere Vorstellung von dem, was die anderen von uns erwarten und wonach sie uns bewerten, auch tatsächlich dem entspricht, was die anderen denken. Ich selbst jedenfalls habe immer wieder die Erfahrung gemacht, daß der am meisten geachtet wird, der den Mut hat, sich über seine eigenen Wünsche klarzuwerden und sich entsprechend selbstbewußt entscheidet.

Aber diesen Prozess der Aufdeckung und Prüfung der wirklichen, eigenen Wünsche kann kaum jemand allein bewältigen. Wie kann man herausfinden, daß ein bestimmter Wunsch nur Klischee und übernommen worden ist? Das würde an sich ja noch nicht schlimm sein, wir folgen in so vielem einem Klischee. Zum Störfaktor des Glücks wird es erst, wenn es anderen, eigentlich wichtigeren eigenen Wünschen entgegensteht. Welche eigenen Wünsche sind verdrängt?

Darüber muß man mit jemandem sprechen, der einen gut kennt – und der einem zudem sehr, sehr wohlgesonnen ist. Vielleicht ein guter Freund. Besser noch eine gute Freundin, denn Frauen haben im Grunde mehr Sinn und Einfühlung für solche Fragen.

Doch die Kenntnis der eigenen Psyche und der eigenen Wünsche ist nur der erste Schritt zur richtigen Partnerwahl. Denn die wichtigste Frage muß gleich danach gestellt werden: Welche Eigenschaften sollte ein Mensch besitzen, der als idealer Partner zu einem paßt? Darauf waren wir schon im 10. Kapitel zu sprechen gekommen.

Wie Psychologen an die Frage nach den unbewußten Wünschen herangehen

Der Königsweg zur objektiven Erkenntnis seelischer Eigenschaften ist für die Psychologen der Test. Ein Test ist im Grunde nichts anderes als eine standardisierte Anleitung zu einem Interview, zu einem Gespräch zwischen dem Berater und dem, der beraten werden möchte. Also ein Frage-und-Antwort-Spiel.

Aber manches läßt sich nicht gut in Worte fassen, beim Fragen wie beim Antworten. Und manchmal schlagen auch die Klischee-Antworten durch, und der Befragte gibt eine Antwort, von der er annimmt, daß sie ihm gut zu Gesicht steht – in unserem Fall als umworbener Partner mit vielen Chancen beim anderen Geschlecht. Damit wäre ihm aber nicht geholfen. Denn – wie heißt es so schön bei unserem dichterischen Gewährsmann in Partnerfragen, Friedrich Schiller?

›Der Wahn ist kurz, die Reu ist lang.‹

Was nützt es, in der Zeit der Werbung um einen Partner ein Verhalten an den Tag zu legen, das auf die Dauer nicht durchgehalten werden kann. Dieser alte, dumme Fehler soll ja gerade in der psychologischen Beratung ausgeschlossen werden.

Für diesen Zweck haben die Psychologen sogenannte projektive Testverfahren entwickelt: Der Getestete projiziert seine Eigenarten und Wünsche in die Testvorlage, ohne zu erkennen, was seine Antwort bedeutet. Projektive Verfahren helfen ihm also, störende Klischees oder andere soziale Erwünschtheiten zu umgehen.

Wer genauer wissen will, wie das gemeint ist, mag sich anhand der folgenden Testvorlagen einen Vorgeschmack verschaffen und sich selbst oder einen anderen ›testen‹. Natürlich nur zum Spaß, denn in Wirklichkeit ist die Sache doch noch etwas komplizierter.

*

Test:

Was sind Ihre wichtigsten Partnereigenschaften – und welche Partner brauchen Sie?

Lassen Sie die folgenden Symbole auf sich wirken und entscheiden Sie sich unter jeweils drei für ein Symbol, das Sie am meisten (oder am ehesten) anspricht.

1.

a.

b.

c.

2.

a.

b.

c.

3.

a.

b.

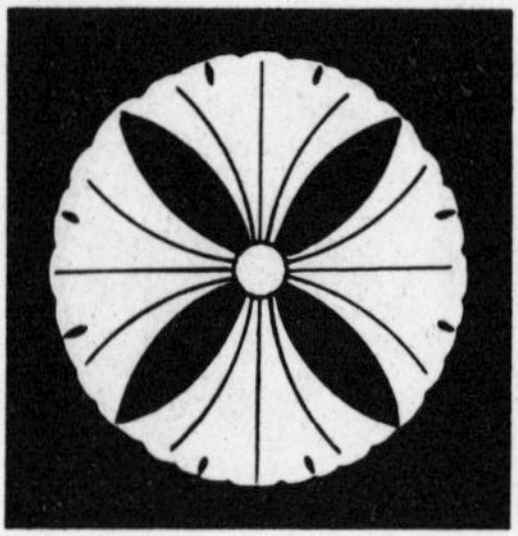

c.

4.

a.

b.

c.

5.

a.

b.

c.

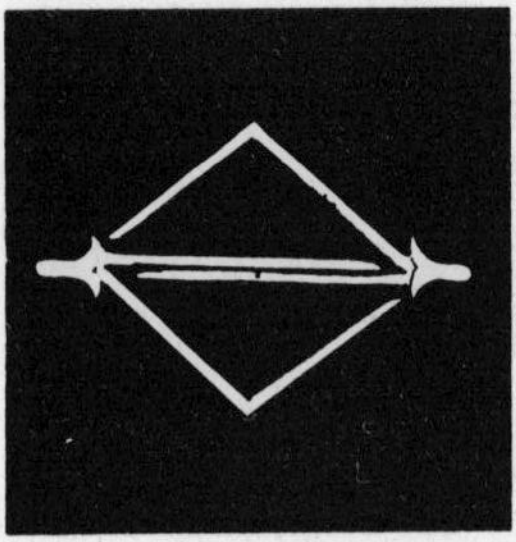

Auswertung des Tests.

Tragen Sie die Ergebnissse
Ihrer Wahl in folgende Tabelle ein:

Bildserie	Partner-Typ		
	I	II	III
1	a	c	b
2	c	b	a
3	b	a	c
4	c	a	b
5	a	b	c
Summe:			

Die Summen Ihrer Antworten in den Spalten I, II und III geben an, wie stark Ihre Partnereigenschaften in den drei getesteten Partnertypen ausgeprägt sind, ob gar nicht (0–1 Punkt), mäßig (2–3 Punkte) oder sehr (4–5 Punkte).

Interpretation der Testergebnisse

Und hier können Sie erfahren, in welcher Richtung Ihre Antworten zu interpretieren sind.

Typ I, gemäßigt (2—3 Punkte)

Sie lieben die Gemütlichkeit und die gefühlvollen Seiten des Lebens. In der Partnerschaft suchen Sie Ruhe und Erholung vom Alltagsstreß. Allzu großer Trubel macht Sie leicht nervös. Daher brauchen Sie einen Partner, der es versteht, mit Einfühlung aber auch einer guten Portion Sachlichkeit das gemeinsame Leben mitzugestalten. Etwa eine Mischung aus den gemäßigten Ausprägungsgraden der Typen I und III, jemand der Sie unterstützt, aktiv am Leben teilzunehmen. Auch gemäßigt II ist günstig.

Typ I, ausgeprägt (4–5 Punkte)

Sie sind ein ausgesprochen romantischer Mensch. Wenn sie diese Seite an sich befriedigen oder gar verstärken wollen, brauchen Sie einen Partner, der fähig ist, auf leiseste Gefühlsregungen von Ihnen zu reagieren. Denn Sie sehnen sich nach dem Gleichklang der Seelen. Nach einem idyllischen Leben in Zweisamkeit. Ihre hohen Anforderungen an die Persönlichkeit eines Partners lassen Sie aber allzu leicht an anderen zweifeln. Das hemmt die Kontaktaufnahme und das Kennenlernen der für Sie richtigen Menschen. Sie sollten mehr Entscheidungskraft entwickeln. Ein Partner, der Sie aktivieren könnte, wäre eine Mischung aus den gemäßigten Ausprägungsgraden der Typen I und II.

Typ II, gemäßigt (2–3 Punkte)

Sie sind ein Mensch, der nicht gerne allein ist. Das gilt in besonderem Maße, wenn Sie keine Punkte in der Typenklasse III besitzen. Im Kreis von Freunden fühlen Sie sich am wohlsten. Ihr Partner dürfte daher kein Kind von Traurigkeit sein und müßte Geselligkeit lieben wie Sie. In der Partnerschaft sind Sie nach vielen Seiten offen. Das macht das Treusein schwer. Ein Partner vom gleichen Typ wäre für Sie sehr gut.

Typ II, ausgeprägt (4–5 Punkte)

Sie sind ein sehr weltzugewandter Mensch und haben ein starkes Bedürfnis, das zum Ausdruck zu bringen, was Sie gerade denken und fühlen. Ihr Partner sollte in der Lage sein, Ihnen den äußeren Rahmen zu schaffen, der Sie zur besten Wirkung bringt. Er müßte für vieles aufgeschlossen und voller Unternehmungslust sein. Allzu Empfindsame (Typ I, ausgeprägt) würden sich durch Ihre direkte Art leicht verletzt fühlen. Dennoch wäre es ratsam, wenn Ihr Partner Sie vor allzu großen Höhenflügen bewahren könnte: Vielleicht sollte er eine Mischung aus den gemäßigten Ausprägungsgraden der Typen II und III sein.

Typ III, gemäßigt (2—3 Punkte)

Sie sind in Ihrer Grundhaltung eher nüchtern und sachlich und auf praktische Lösungen aus. Sie lieben es, wenn alles seinen geregelten Weg geht. Der ideale Partner an Ihrer Seite müßte ein ›Weggefährte‹ sein, mit dem Sie an der Erreichung eines gemeinsamen Ziels zusammenarbeiten könnten. Um sich in der Partnerschaft zu ergänzen, sollten Sie bei der Wahl berücksichtigen, in welchen Typenklassen Sie sonst nocht Punkte haben.

Typ III, ausgeprägt (4–5 Punkte)

Sie sind ein ausgeprägt sachlicher Mensch, der die Welt – und eben auch eine Partnerschaft – von nüchternen Erwägungen aus angeht. Nach der Devise: Nur keine Kraft vergeuden! Sie werden wahrscheinlich glauben, daß ihr idealer Partner ein ›guter Kumpel‹ sein müsse, der das Alltagsleben problemlos und mit einem guten Schuß Humor zu meistern versteht. Nicht falsch. Aber jemand mit Gemüt (Typ I, gemäßigt) oder herzlicher Aufgeschlossenheit (Typ II, gemäßigt) würde mehr Farbe in Ihr Leben bringen.

Wenn dann die Charakterbilder richtig gezeichnet sind, das Selbstbild und das vom möglichen Partner, erhebt sich natürlich die zentrale Frage, auf die alles hinausläuft: Wo sind sie zu finden, diese anderen, die zu einem passen? Die Gelegenheiten zum so gezielten Suchen und Kennenlernen sind ja seltener geworden, die Freiräume enger. Davon handelte das 8. Kapitel. Und vor allem: Neben der Chance, einen Menschen zu finden, der zu mir paßt, gibt es ja noch die andere Chance, daß ein anderer mich sucht, weil ich zu ihm passe. Wo soll ich hingehen, daß er mich findet?

Wer diese für unser Leben so bedeutsamen Fragen der Partnerwahl wirklich ernsthaft angehen will, sollte sich überlegen, ob eine professionelle Beratung nicht die plausibelste Lösung ist. Vor der Berufswahl und beim Arbeitsplatzwechsel lassen wir uns beraten. Beim Autokauf. In Geldangelegenheiten. In vielen Fällen alltäglicher Entscheidungen würden wir uns nie ohne kompetente Berater entscheiden. Warum nicht auch bei der wichtigsten Sache?!

Psychologen und Soziologen haben seit über dreißig Jahren sehr intensiv erforscht, welche Kombination von Eigenschaften partnergünstig sind und welche immer wieder zu Schwierigkeiten und Trennungen führten. Fast zwei Drittel aller Klienten von Psychotherapeuten zeigen eine partnerschaftliche Problematik.

Auf diese Erfahrung aufbauend, habe ich mir gedacht, daß es doch weitaus sinnvoller wäre, bereits im Vorfeld der Partnerschaft, bei der Partnerwahl, die Befunde der Wissenschaftler zu nutzen, anstatt zu warten, bis das Kind Partnerschaft in den Brunnen gefallen ist und die Paare sich einer leidvollen und teuren Therapie unterziehen müssen.

So entstand ein Beratungssystem, mit dem meine Mitarbeiter inzwischen viele Jahre gute Erfahrungen gesammelt haben und mit dessen Hilfe sie sehr erfolgreich viele tausend Menschen glücklich zusammenbringen konnten.

Neben den allgemeinen Sozialdaten wie Alter, Bildung und Status und den Merkmalen der äußeren Erscheinung, basiert dieses System auf die Erfassung von 27 psychologischen Merkmalen und Verhaltenstendenzen, die sich als bedeutsam für einen guten partnerschaftlichen Erfolg herausgestellt haben.

Diese Merkmale sind in der Tafel auf den Seiten 118 und 119 zusammengestellt. Auf diese Weise lassen sich die Eigenarten und Wünsche eines Menschen in ihren individuellen Ausprägungsgraden sehr anschaulich darstellen.

	Psychologisches Merkmal	
A.	1. Anima	
	2. Animus	
B.	1. Instinktive Verhaltenstendenzen	
	2. Gefühlsbetonte Verhaltenstendenzen	
	3. Verstandesbetonte Verhaltenstendenzen	
C.	1. Libido (seelische Energie)	
	2. Über-Ich (Gewissenskontrolle)	
D.	1. Kontaktwunsch	
	2. Kontakthemmung	
E.	1. Introversion	
	2. Extraversion	
F.	1. Großzügige Reaktionstendenzen	
	2. Melancholische Reaktionstendenzen	
	3. Ausgleichende Reaktionstendenzen	
	4. Durchsetzungswillige Reaktionstendenz	
G	1. Konventionalität	
	2. Unkonventionalität	
H.	1. Positive Grundeinstellung	
	2. Anpassungswilligkeit	
	3. Wunsch nach geregeltem Alltag	
	4. Häuslichkeit	
	5. Wunsch nach Partnernähe	
	6. Passive Verhaltenstendenz	
	7. Aktive Verhaltenstendenz	
I.	1. Allgemeiner Interessensumfang	
	2. Geistige Interessen	
	3. Sportliche Interessen	

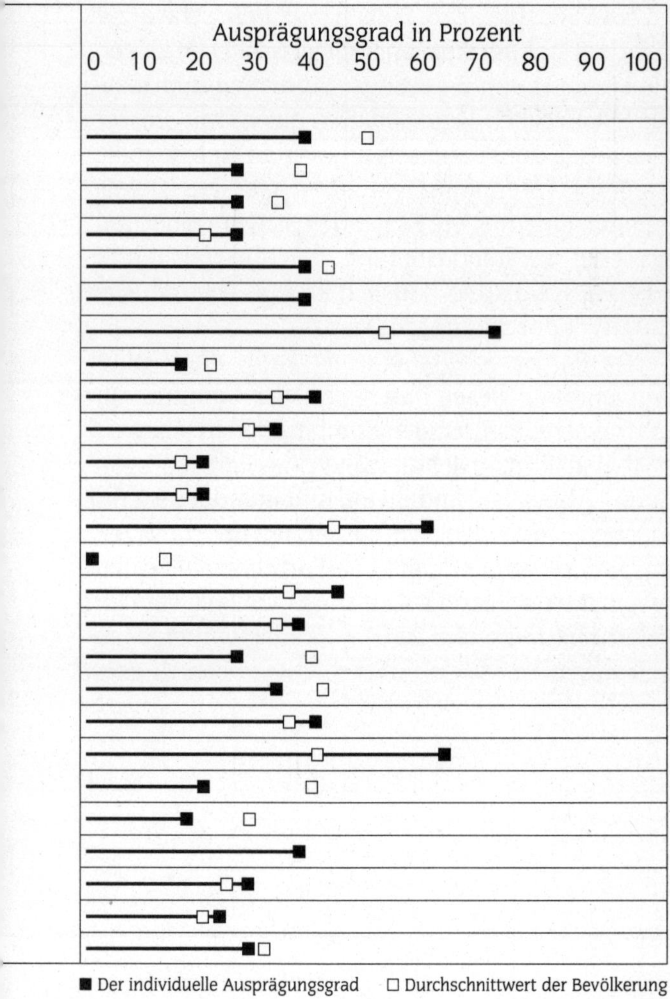
Ausprägungsgrad in Prozent
0 10 20 30 40 50 60 70 80 90 100
■ Der individuelle Ausprägungsgrad
□ Durchschnittwert der Bevölkerung

Zum Beispiel: Die Balken mit den schwarzen Quadraten in der rechten Hälfte der Tafel (■) zeigen, als Ergebnis von Beratungsgesprächen und Tests, die psychischen Eigenschaften einer Frau. Im Vergleich mit den Durchschnittswerten der Bevölkerung (□) erkennt man – ohne hier auf Details genauer einzugehen: Es handelt sich um eine Frau, die eher verstandesbetont, von ausgleichender Gesinnungsart und häuslich ist und einen ausgeprägten Kontaktwunsch besitzt.

Die Partnerschaftsberatung kann dann unter Verwendung dieser Daten und der Kenntnis der partnerschaftsgünstigen Kombinationen – sowohl nach dem Prinzip der Gleichheit als auch der Ergänzung – Menschen finden und miteinander bekannt machen, die alle Voraussetzungen besitzen, zusammen eine erfolgreiche Partnerschaft einzugehen, Menschen, die sich sonst wohl nie kennengelernt hätten – und an ihrem Glück vorbeigegangen wären.

12.
LITERATURVERZEICHNIS

Balck, Friedrich B.: Zufriedenheit in der Zweierbeziehung. Eine empirische Untersuchung zu Konfliktstrategien und zum Konfliktverhalten zufriedener Freundes- und Ehepaare. Dissertation, Universität Hamburg 1982.

Barthes, Roland: Fragmente einer Sprache der Liebe. Suhrkamp, Frankfurt 1986

Berger, Erika: Die neue Zärtlichkeit. Liebe ohne Angst. Heyne, München 1988.

Berghaus, Margot: Partnersuche angezeigt. Zur Soziologie privater Beziehungen. Ullstein, Frankfurt 1985.

Dierichs, Helga/Margarete Mitscherlich: Männer. Zehn exemplarische Geschichten. Fischer, Frankfurt 1981.

Goldberg, Herb: Veränderungen. Das neue Verhältnis zwischen Mann und Frau. Rowohlt, Reinbek bei Hamburg 1987.

Hahlweg, Kurt: Partnerschaftliche Interaktion. Empirische Untersuchungen zur Analyse und Modifikation von Beziehungsstörungen. Röttger, München 1986.

Heinrichs, Johannes: Die Liebe buchstabieren. Stichworte zu einem Menschheitsthema. Fischer, Frankfurt 1987.

Hofstätter, Peter R.: Persönlichkeitsforschung. Kröner, Stuttgart 1977.

Jäckel, U.: Partnerwahl und Eheerfolg. Enke, Stuttgart 1980.

Luhmann, Niklas: Liebe als Passion. Zur Codierung von Intimität. Suhrkamp, Frankfurt 1982.

Mead, Margaret: Mann und Weib. Das Verhältnis der Geschlechter in einer sich wandelnden Welt. Rowohlt, Hamburg 1958.

Mikula, G./Stroebe, W. (Hrsg.): Sympathie, Freundschaft und Ehe. Huber, Bern 1977.

Murstein, B. I.: Who will mary whom? Springer, Heidelberg 1976.

Scarf, Maggie: Autonomie und Nähe. Grundkonflikte in der Partnerschaft. Heyne, München 1988.

Stierlin, Helm: Ob sich das Herz zum Herzen findet. Ein systemisches Paar-Brevier. Rowohlt, Reinbek 1987.

Völger, Gisela/Karin v. Welck, (Hrsg.): Die Braut. Geliebt, verkauft, getauscht, geraubt. Die Rolle der Frau im Kulturvergleich. 2 Bd., Köln 1985.

Willi, Jürg: Die Zweierbeziehung. Spannungsursachen – Störungsmuster – Klärungsprozesse – Lösungsmodelle. Rowohlt, Reinbek 1975.

Willi, Jürg: Koevolution. Die Kunst gemeinsamen Wachsens. Rowohlt, Reinbek 1985.

Liebe Leserin, lieber Leser,

hat Ihnen mein Buch gefallen? Ich hoffe, ich konnte Sie davon überzeugen, daß eine harmonische Partnerschaft das wichtigste und schönste im Leben ist.

Wenn Sie Ihrem idealen Partner noch nicht begegnet sind, dann kann ich Ihnen helfen, den Partner zu finden, der zu Ihnen paßt und nach dem Sie sich sehnen.

Bitte schicken Sie in diesem Fall einfach diese Karte an mich mit einigen Angaben zu Ihrer Person. (siehe Rückseite)
Ich antworte Ihnen gern.

Auf Ihre Zuschrift freut sich

Ihr

Hans-Peter Duwe

Bitte deutlich in Blockschrift ausfüllen und an mich einsenden.

Nachname

Vorname

Straße u. Haus-Nr.

PLZ/Wohnort

Geb. Datum

Telefon-Nr. (mit Vorwahl)

Datum *Unterschrift*

Bitte mit 60 Pfennig frankieren

Hans Peter Duwe
Postfach 76 11 69
2000 Hamburg 76